集英社オレンジ文庫

白鳥城の吸血鬼

赤川次郎

イラスト／ひだかなみ

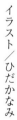

CONTENTS

MAIN CHARACTERS

神代エリカ

吸血鬼クロロックと日本人女性の間に生まれたハーフの吸血鬼。
父ほどではないが、吸血鬼としての特殊能力を受け継いでいる。
現役女子大生。

フォン・クロロック

エリカの父で、東欧・トランシルヴァニア出身の正統な吸血鬼。
…なのだが、今は『クロロック商会』の
雇われ社長をやっている。恐妻家。

涼子

エリカの母亡き後、クロロックの後妻となった。
エリカより一つ年下だが、一家の実権は彼女が
握っていると言っても過言ではない。

虎ノ介

通称・虎ちゃん。クロロックと後妻・涼子の間に生まれた、
エリカの異母弟にあたる。特殊能力の有無はまだ謎だが、
噛み癖がある。

橋口みどり

エリカ、千代子と同じ大学に通っている友人。
かなりの食いしんぼで、美味しいものがあれば文句がないタイプ。

大月千代子

エリカ、みどりの友人で、大学では名物三人組扱いされている(?)。
三人の中では、比較的冷静で大人っぽい。

HAKUCHOJO NO KYUKETSUKI

白鳥城の吸血鬼

JIRO ✠ AKAGAWA

赤川次郎

吸血鬼と家出娘のランチタイム

✠ 忘れられた村

「口減らし?」

と、橋口《はしぐち》みどりが首をかしげて、

「腹減らしなら分かるけど……」

と言った。

「まあね。今どき、そんな言葉を聞くとは思わなかった」

と、考え深げに言ったのは、大月千代子《おおつきちよこ》。

この二人がいれば、当然のことながら「花の三人組」のもう一人、神代《かみしろ》エリカも——。

「誰か呼んだ?」

と言って、フルーツパーラーのテーブルへやって来たのである。

「エリカにしちゃ珍しいじゃない。待ち合わせに遅れるなんて」

と、大月千代子が言うと、橋口みどりも肯《うなず》いて、

「そうそう。講義には遅れても、仲間との待ち合わせには遅れない！」

「こら！」

と、エリカはみどりをにらんで、

「いつ私が講義に遅れたっていうのよ」

「年に一度くらいは遅れるでしょ」

「そんなことより――」

ともかく、エリカはフルーツパフェを注文すると、

「千代子にメールしたでしょ。成り行きで保護しなきゃいけなかったのよ」

「え？　あれ、本当だったの？　てっきり冗談だと……」

「犬か猫を保護したの？」

と、みどりが言った。

「あんまり大型の犬を飼うと大変よ。エサ代がかさんで。何しろ、人間様がひき肉でハン

バーグ。お犬様が松阪牛《まつさかうし》だったりするから」

「犬猫じゃないわよ！　人間を保護したの」

と、エリカは言った。

「へえ」

と、みどりは半信半疑の様子で、

「捨て子、拾ったの？」

「赤ちゃんじゃない。ちゃんとした大人よ。――若いけど」

「また、エリカったら、危ないことに首突っ込んでるんじゃないの？」

「千代子まで、やめてよ。私や父は、博愛精神に溢《あふ》れてるの」

――同じ大学の三人組。

何より食べることが大好きな橋口みどり。静かなインテリ、大月千代子。そして、ヨーロッパからやって来たフォン・クロロックと日本人女性の間に生まれた神代エリカ。

――と、断るまでもない「名物」三人組だが、

「その人は、まるでタイム・マシンに乗って来たみたいだったの……」

と、エリカは言った。

〈家出してきました〉

というプラカードを持って歩いて――いるわけはないが、そう見えたということなのである。

どう見ても手作りの、昔々のデザインのワンピース。麦わら帽子の、相当すり切れたのをかぶって、手にさげた風呂敷包《ふろしきづつ》み。

東京駅《とうきょうえき》の、大勢の人が行き交う広場の真中に、その娘は立っていた。

まるで置物みたいに、ぼんやりと立ったまま、ずっと動かなかったのである。

人の流れに巻き込まれたり、押し倒されたりせずにいられたのは、彼女の立っていたのが、ちょうど四方八方からの人の流れの中央で、どの方向への流れも、そこをよけて通っていたのだった。

エリカは、その流れの中を、ちょっと違う方向へ進んでいて、危うくその「中央の子」とぶつかりそうになったのだった。

「あ、すみません」

どこもかしこも丸っこいその娘は、真ん丸な顔で謝ると、

「私、もしかして邪魔してます?」

と訊いた。

「そうね。少し」

「困ったわ! どこへ行ったらいいんだろ」

大きな目を、一杯に開けて、周囲を見回している。エリカは、そのまま放って行く気になれなくて、

「あの……どこへ行くの?」

と訊いた。

「東京です」

と、娘は言った。

「――ここ、東京だけど」

「でも、広くてどこがどうなってるのか分かんないですね」

「東京のどこへ?」

「知ってます? 東京の〈18番地〉です」

「――ただの〈18番地〉?」

「番地あれば、分かるんじゃないですか? 私の故郷じゃ、番地もいらないくらいで」

「じゃ、どうやって探すの?」

「みんな知り合いですもん。何しろ、うちの村は今、六軒しかないんで」

「それは分かりやすいわね」

と、エリカは言って、

「ともかく、どこかゆっくり話せる所に行かない?」

と促した。


「口減らし?」

思わずエリカは訊き返していた。

「口減らしのために家出して来たの?」

「ええ。何しろ、うちじゃ私が一番沢山《たくさん》食べるんで」

それはエリカも納得できた。

「それにしたって……。家出して来たのなら、お家の人たちが心配してらっしゃるでしょ」

「いえ、ちゃんと置き手紙してきましたから」

と、大森和子《おおもりかずこ》――そういう名前だった――は言って、明るいティールームの中を見回した。

「でも――」

「じき、冬になるでしょ。うちじゃ両親と六人の子供がいるので、冬の間の食料を確保するのは大変なんです。特に今。十四、五の男の子二人は、ともかくよく食べますから」

「でも、あなたが出て来たら――」

「私は長女で、一番上なんです。当然、私が出て行くべきだったんです」

「それで――東京に来て、どうするつもりだったの？」

「働いて、家にお金を送ります。それで〈18番地〉を捜そうと……」

「どこの〈18番地〉だか分からないんじゃ、とても捜せないわよ」

「でも、〈18番地〉って言えば分かる、って言われたんです」

「言われた？　誰に？」

「ええと……」

大森和子は、風呂敷包みから小さな布袋を取り出すと、中から一枚の名刺をつまみ出した。

「この人です。――ほら、〈18番地〉ってあるでしょ？」

エリカはその名刺を受け取って眺めた。確かにそこには――。


「何、これ？」

と、その名刺を見たみどりが言った。

「〈クラブ・18番地〉って……」

「住所じゃないのよ。何だかちょっと怪しげなクラブの名前で」

と、エリカは言った。

名刺には、〈クラブ・18番地　支配人　生田勇助《いくたゆうすけ》〉とあった。

しかし、そのクラブの住所も電話番号も名刺にはのっていない。

「こういう名前のクラブがあるかどうか、まだ調べてないけどね」

と、エリカが言うと、千代子が、

「訊いてみようか」

「千代子、詳しいの？」

「私が、じゃないよ。父の仕事仲間で、そういうクラブ通いが大好きな人がいるの」

「じゃ、当たってみてくれる？」

「分かった。でも――その和子さんって、どこにいるの？」

「外にいるわ。一緒に入ってって言ったんだけど、恥ずかしいって」

「だけど、どういう村なの、そこ？　東京のこともろくに知らないなんて」

と、みどりが言った。

「その辺の詳しいことも、訊かないと分からない。ここに来る約束があったから、そこまで訊けなかったの」

「でも、せっかくだもの、連れておいでよ」

千代子に言われて、エリカも、

「そうだよね」

と、席を立って、店の外へ出た。

ところが、大森和子の姿がどこにもない。

エリカがキョロキョロしていると、

「ね、ちょっと」

と、声をかけて来たのは、床を掃除《そうじ》していたおばさんだった。

「あんた、この辺にボーッと立ってた女の子のこと、捜してるの?」

「ええ。風呂敷包みをさげた――」

「その子、家出して来たの? ちょっと柄《がら》の悪い男が腕を取って、あっちへ引っ張ってったよ」

「ありがとう! そっちの方ね?」

エリカは駆け出した。

しかし、ともかく人の多いこと。どこへ行ったか、見当がつかない。すると、

「エリカ、何しとる?」

びっくりして振り向くと、父、フォン・クロロックが、いつものマント姿で立っていた。

「お父さん！　いいところに来てくれた！」

と、エリカはクロロックの腕をつかんで、

「ね、耳を澄まして」

「何だと?」

「家出して来た女の子を、悪い奴が連れて行こうとしてるの。どこにいるか、聞き分けて！」

正統な吸血族であるフォン・クロロック。聴力においても、人間とは桁違《けたちが》い。エリカもその血を受け継いでいるので、普通の人間よりは聞こえるが、父には及ばない。

「よし、待っとれ」

クロロックは目を閉じると、じっと集中した。すると――。

「うん、それらしい会話だ」

「どっちの方向?」

「待て。——いかん、タクシーに乗ろうとしておるぞ」

「タクシー乗り場だね!」

エリカは人の間を風のようにすり抜けて、駆けて行った。

「——さあ、乗って」

ちょうどタクシーに和子を押し込むように乗せて、白い上着の男が自分も乗り込もうとしているところだった。

すると、男がまだ乗り終わらないのに、ドアが勢いよく閉じた。男はもろに指を挟まれて、

「いてえ!」

と、悲鳴を上げた。

「やったね」

エリカはすぐ後ろについて来たクロロックへ言った。

クロロックがエネルギーを送って、タクシーのドアを閉めたのだ。

「おい！　何だってんだ！」

男は手を押さえてタクシーからよろけるように降りて来た。指から血が垂れている。

「痛えよ……。救急車呼んでくれ！」

と、泣き声を出す。

「ろくでもないことをやってるからでしょ！」

と、エリカは言って、タクシーの中の和子を引っ張り出した。

「ちゃんと待ってなきゃだめだよ」

「すみません……」

と、和子はシュンとして、

「この人が、『待ってる人がいるから』って言うもんで……」

クロロックは男をタクシーの中に押し戻して、運転手に、

「どこか近くの病院へ連れてってやれ。こいつは勝手に指を挟んだのだ。気にすることはない」

と、クロロックは言って、今度はちゃんとドアを閉めた。

「さて、と……」

クロロックは和子を見て、

「どこの国から来たのかな?」


「〈日かげ村〉?」

和子の言葉に、千代子は、

「何だか寂しい名前の村ね」

何しろ六軒しか家がないというのだから、「寂しい」のも当然かもしれないが……。

「以前は二十軒ぐらいあったんですけど」

大森和子は、フルーツパフェを、「生まれて初めて」食べながら言った。

「村のすぐ裏に、小さなダムができて、日かげ村はダムの底に沈むことになってたんです」

「それが……」

「ダムをこしらえた人の計算違いで、少し高い所の六軒の所までは水が来なかったんです。

でも、もう地図の上では村は失くなったことになってて……」

「じゃ、〝幻の村〟ってわけね」

と、みどりが言った。

「それじゃ、引っ越すとか……」

「そんなお金、ありません！　みんな自分の家で取れる野菜やお米で生活していて、お金を稼《かせ》ぐなんて、したこともないんですもの」

と、和子は言った。

「ですから、私、東京で働いたら、いくらぐらい稼げるのかと思って出て来たんです。お母さんは、『そんな余計なことしないで、早いとこ嫁に行け』って」

「お嫁に行くって……。そんな相手が村の中にいるの？」

と、エリカは訊いた。

「六軒の中じゃ、十三才の男の子が一人……」

「十三才？　ちょっと若過ぎないかしらね」

「私もそう思います」

と、和子は肯《うなず》いて、

「東京に、私の嫁に行く所ってありますかね？　――あ、これ、パフェっていうんですか？　おいしいですね！」

✠奥地への旅

「お先にやすませていただきます」

和子《かずこ》が居間に顔を出して、ペコンと頭を下げた。

「ゆっくり寝てね」

と、エリカは言って、

「おやすみなさい」

と、ちょっと手を振った。

――大森《おおもり》和子を泊める。そんなことが可能かどうか、クロロックとエリカはかなり悩んだ。

もちろん、クロロックの妻、涼子《りょうこ》が「家出娘をうちに泊める？　とんでもない！」と言うに違いなかったからである。

といって、何も分からない和子を東京の町中に放り出すわけにはいかない。

恐る恐る、和子を連れて帰ったのだが……。

やはり話を聞いたときには、カッとなりかけた涼子だったが、実際に和子を見ると、

「夫の浮気相手にはならない」

と、安心したらしく、

「自分の家だと思って、ゆっくりしていってちょうだい！　食事代も布団代も、気にしなくていいのよ」

と、何だか微妙な歓迎をしたのである。

「――しかし、妙な話だの」

と、クロロックは、エリカと二人になると言った。

「日かげ村のこと？」

「うむ。村がダムで水没するという話はよく聞く。しかし、その場合は、立ち退き料が相当支払われるものだ」

「和子さんもそのことは……」

和子も、ダムに沈むことになったとき、そう思って、当時村長だった佐川広吉《さがわひろきち》の所へ訊きに行ったのだった。しかし、

「馬鹿を言うな！　家が沈んだって、もともとボロ家だ。お上《かみ》がそんなものに金を出して下さると思っているのか！」

と、怒鳴られただけだったという。

そのとき、村長の客として来ていたのが、あの名刺〈18番地〉の生田《いくた》という男だったのだ。

「東京に出て来ることがあったら、訪ねておいで」

と言ってくれたそうなのだが。

「佐川村長に、生田という男が何の用だったのか」

「クラブの人間がね」

「うん、怪しいな。――どうした？」

気が付くと、寝衣代わりの浴衣《ゆかた》姿の和子が立っていた。

「あの……思い出したんです」

と、和子は言った。

「六軒の家の中で、一軒だけ電話のある家があったんです。番号をメモして来てたのを思い出しました」

「では、そこへかけてみよう」

六軒の家の中で、一軒にだけ電話があった！　そのことの方が驚きだ。

「――これで、かけるんですか？」

和子はエリカに渡されたケータイを見て、目を丸くすると、

「電話って、黒くて重くて、ダイヤルをジーッと回すんだとばかり……」

「それって、今あったら博物館で引き取ってくれるかもよ」

ともかく、その番号へ発信すると――しばらく間はあったが、呼び出し音が聞こえた。

「――つながりました！」

と、和子が嬉しそうに、

「もしもし！　もしもし！」

と、くり返したが、聞こえているのは呼び出し音だけ。

「出ないのよ、誰も」

「変です。あの家はお年寄り二人きりで、どこかへ出かけるわけもねえし……。眠ってて気が付かないんでしょうか?」

「そうかもしれんが……。ともかく今夜は諦めてやすむことだ」

と、クロロックが言った。

「そうします。――じゃ、おやすみなさい」

和子が行ってしまうと、クロロックは眉《まゆ》をひそめて、

「どうも気に入らんな。村長が立ち退き料は出ないと言ったこと。東京のクラブの男が村長を訪ねていたこと……」

「調べてみようか。千代子《ちよこ》がクラブの方を当たってくれてるけど」

――エリカが風呂から上がると、ちょうど千代子から電話がかかって来た。

千代子の話を聞いて、エリカはクロロックを呼んで来ると、

「――千代子の話だと、〈18番地〉ってクラブは、最近改装して豪華になったそうよ」

「そいつは怪しいな」

「ね？　それだけじゃないの。千代子が〈日かげ村〉を調べたら、もう完全に消滅したことになってるんですって」

「しかし、あの和子が家を出て来たのはせいぜい二、三日前だろう」

「そうだよね。これって……」

クロロックはちょっと困ったように、

「社長があまり会社を留守にするのはうまくないが、この際、仕方ないな」

「でも行くのなら、和子さんに案内してもらわないと」

「うむ……。ちょっとしたハイキングのつもりで行かんとな」

と、クロロックは言ったが……。

ハイキングどころではなかった。

「道なき道」というのが文字通りで、和子は慣れていて、どんどん深い茂みをかき分けて行くが、クロロックとエリカは大変だった。

「人が全《まつた》く通らないのね」

「そうですね。ときどき熊が通るぐらいです」

「熊が……」

エリカとクロロックの足取りが速くなった……。

「――もうじきです」

と、和子が言った。

「その小川を渡ると、もう村が見えてきます」

古びて、今にも壊れそうな橋を渡って、小高くなった丘らしいものをグルッと回ると
――。

「そこが日かげ村……」

と言ったきり、和子は立ちつくしていた。

「どうしたの?」

と、エリカは訊いたが、返事を聞くまでもなかった。

確かに、そこに家はあった。目に入るのは三軒だったが――。

しかし、そのどれもが焼けあとだったのだ。

どの家も、ほぼ完全に焼けてしまっていた。

「火事？」

「うちが……。うちは、まさか――」

和子が駆け出した。

エリカとクロロックが後を追う。和子は細い道を辿《たど》って行ったが――。

「そんな！」

と、叫ぶように言って足を止めた。

さらに三軒の家が見えた。しかし――そのどれもが焼け落ちていたのである。

「お父さん、お母さん……。みんな、どこに……」

和子はその場に座り込んでしまった。

「落ちつけ」

と、クロロックが和子の肩に手をかけると、

「これは普通の火事ではない。一軒からたとえ火が出たとしても、こんなに一軒ずつが離

れているのだ。燃え移るわけがない」

「つまり……全部の家を……」

「誰かが焼き払ったのだな」

「和子さんがここを出るまでは無事だったわけだから、ついこの三、四日のことね」

「焼けこげた臭《にお》いがしておる」

クロロックは、和子の家の焼けあとに入って行ったが、じきに出て来ると、

「安心しろ。焼け死んだ者はおらん」

と言った。

「じゃあ……みんなどこかに……」

「住民がみんな、どこかへ連れ出されたのだな」

「でも、どうしてそんなことを?」

と、エリカが言った。

「事情は、村長の佐川に訊くしかないな」

「村長さんはどこにいるんでしょう?」

「おそらく、〈18番地〉の生田という男が知っているだろう」

と、クロロックは言った。

「じゃ……これから来た道を戻るの？」

と、エリカがため息をついた。

「いや、もう日が暮れかかっておる。戻るのは明日だな。――今夜はこの辺りで野宿ということになる」

「野宿？　熊と一緒ってことないわよね」

と、エリカは言った……。


「お弁当七つ！」

と、和子が注文した。

駅の売店のおばあさんは、

「七つ？　じゃ、全部売り切れだ。七つしか仕入れてないからね」

「三人だけど……」

と、エリカが支払いしながら、

「私とお父さんの分、二つ引いて、五つが和子さんね」

「すみません。大食いなんで」

「いいのよ。何しろお父さん、社長なんだもの。駅弁の五つや六つ……」

するど、売店のおばあさんが、

「あれ？　あんた、日かげ村の子でねえか？　この間も、ここでお弁当三つ買っただろ」

と、和子に言った。

「ええ、そうです」

駅へ辿《たど》り着くまでの長旅で、和子だけでなく、エリカたちもお腹がペコペコだった。

「あの後で、日かげ村の人だって、大勢が列車に乗ってったよ」

「本当ですか！　どこへ行くって――」

「小さい子は、『東京って広いんだろ』とかって話してたね」

「東京のどことか、言ってませんでしたか？」

「そいつは聞かなかったね」

エリカは、そのおばあさんに、

「その村の人たち、誰かが引き連れてたんでしょうか」

と訊いた。

「うん。年取った男の人で、他の人が『村長さん』って呼んでたから、村長なんじゃねえか」

「そうですか！　ありがとう！」

時代物の列車がのんびりと発車すると、和子は、ほぼ五分に一つの割合で、駅弁を平らげていった。

エリカとクロロックも、一つずつお弁当を平らげて、やっと落ちついた。

「千代子に連絡してみよう」

山の中では、ケータイも通じなかったのだ。

「――あ、千代子？　――うん、今帰りの列車。まだ大分かかると思うけどね。〈18番地〉のこと、何か分かった？」

「何だかね、ちょっと怪しげだよ」

と、千代子が言った。

「それって、どういうこと？」

「クラブ好きの人の間で、噂《うわさ》にはなってるそうだけどね。でも、普通のクラブ好きは敬遠してるって」

「何か秘密がありそうね」

「それも、かなりやばいのがね」

と、千代子は言って、

「相当の地位の客がターゲットみたいだよ。料金も何十万じゃすまないかも、って評判だから」

「何十万だと？」

聞いていたクロロックも仰天《ぎょうてん》して、

「それでは、交際費で落とせないかもしれんな」

✱隠れ家

「あれま」

と、和子《かずこ》は言ったきり、ポカンと口を開けていた。

「和子さん！　信号青になったよ！」

と、エリカは和子をつついた。

「早く渡らないと、人にぶつかられて危ない」

「あ、ごめんなさい」

和子は、かの有名な、渋谷《しぶや》のスクランブル交差点を、まるで海を泳いでいるかのように両手で人をかき分けながら渡って行った。

「――大丈夫？」

と、渡り切って、エリカが訊くと、

「何ともないです」

と、和子は大きく息を吐いて、

「何だか、はるばる旅して来たみたいだ」

「そんな……。人が少し多いだけよ」

「分かってます。でも――どこからこんなに人が湧いてくるんですかね」

「ともかく、こっちこっち」

エリカは和子を促して歩き出した。

「東京の人は、ぶつからないで歩く名人だね！」

と、和子は感心した様子。

「すぐ慣れるわよ。――そこが有名なファッションビル」

「ああ！　写真で見ました。若い人が一杯洋服を買いに来るって」

大森和子が、このビルへやって来たのは、すぐ下の妹、芳子《よしこ》が以前から、

「東京に行ったら、ここで服を見付けるんだ！」

と言っていたからだった。

芳子は十六才で、どこかの雑誌のグラビアページの破ったのを大事に持っていたのだという。

「あの写真のお店に行けば、きっと芳子がいる!」

と、和子が思い付いたのである。

〈クラブ・18番地〉については、もう少し調べる必要があったので、まずはここへやって来た。とはいえ……。

「お店があり過ぎて……」

と、中へ入った所で、和子は立ち往生《おうじょう》してしまった。

「大丈夫よ。沢山《たくさん》あっても、一つ一つ見ていけば。——芳子ちゃんの好みは?」

と、エリカは訊いた。

「そうですねえ……。スカート、セーター、ブラウス……」

「いえ、どういう感じのブランドが好きかなってこと。可愛《かわい》いお姫様みたいなの? それとも、男の子っぽい感じ?」

と、エリカは訊いた。

「そうですねえ……。やっぱり女の子らしい格好が……」

「ともかく、一番上のフロアに行こう。そこから下りながら当たってみるってことで」

和子は家出して来るとき、去年のお正月に撮ったという一家全員の写真を持って来ていた。

中では芳子という妹が目立って可愛く、その写真を店の人に見せて歩けば、「見たことがある」という人に出会うかもしれない、と考えたのだった。

エスカレーターで二階、三階と上って行く。

上りのエスカレーターと斜めに交差するように下りのエスカレーターが目に入るのだが――。

「もう一枚、ブラウスが欲しいな」

という女の子の声に、和子がハッとした。

下りのエスカレーターから聞こえて来た声は――。

「芳子だわ！」

と、和子は言った。

「え？　どこに？」

エリカがびっくりして訊くと
「今、下りてった——あの赤い服の子です！　声と訛《なま》りがそっくりで」

「下り？　じゃ、次のフロアで下りに回ろう」

五階へ上ると、急いで売場の間をすり抜け、下りのエスカレーターへ。

「すみません！　ちょっと通して——」

和子は辺りに響き渡るような大声で、

「芳子！　返事して！」

と叫んだ。

周囲がびっくりしているが、構っていられない。

「芳子！　いたら答えて！　お姉ちゃんだよ！」

と、もう一度大声で呼ぶと、下の方のフロアで騒ぎが起こっていた。

そして、

「お姉ちゃん！」

という声が下の方から聞こえて来た。

「芳子！」

和子とエリカは一階まで駆け下りると、ビルの玄関口辺りを捜した。

しかし――芳子の姿はなかった。

「どこ行っちゃったんだろ」

と、和子は息を弾ませて、

「もう一回、思い切り大声で……」

そこへ、女の子の三人連れが通りかかると、

「誰か捜してんの？」

と訊いて来て、

「もしかして、『お姉ちゃん！』って、でかい声出してた子？」

「そうです！　どこへ行ったか――」

「どこ行ったかは知らないけど、男の人が車に乗せてったわよ」

「車に……。そうですか」

と、和子が息をつく。

「車に乗せたって、この正面玄関の前で？」

と、エリカが訊いた。

「そう。車が待っててね」

「どんな車だった？」

「さあ……。よく見てなかった」

と、その女の子は肩をすくめた。

「どうもありがとう」

と、エリカは礼を言った。

「どこへ行ったんでしょう？　私がいるって知ってたのに……」

「今の女の子の話は嘘だわ」

「え？」

「こんなに交通量の多い道で、車は待っていられない。停めておいたら怒られちゃうわ。

今の子は、たぶん芳子ちゃんを連れてた人から頼まれたのね」

「じゃ、本当はどこに――」

「私たちは諦めて帰りましょ」

「え？　でも――」

「人間、諦めが肝心《かんじん》よ」

と言って、エリカはウィンクして見せた。

和子は、キョトンとしているばかりだったが……。

エリカは、和子の腕を取って、ビルから外へ出ると、人の流れの中に紛《まぎ》れ込んで、一旦道を渡るふりをして、ビルの方へ戻った。

そして、ビルの正面入口の中を覗《のぞ》き込んだ。

さっきの三人連れの女の子たちに、スーツ姿の女性がお金を渡している。

「あの人――」

と、和子が目を見開いて、

「村長さんの奥さんです」

「なるほどね」

見ていると、その女性がケータイを取り出して、どこかへかけている。

「たぶん、車を呼んでるのね」

「じゃ、芳子は——」

「今は我慢して」

エリカの予想した通り、車がビルの横へつけて、村長夫人が赤いワンピースの女の子と共に車に急いで乗り込んだ。

「芳子……」

「大丈夫。必ず見付けるわよ」

エリカはスマホの動画モードで、その車をしっかり撮っていた。

「用心しなければならんぞ」

と、クロロックが言った。

「そんなことになってたなんて……」

エリカは呆《あき》れて呟《つぶや》いた。

――大月千代子《おおつきちよこ》が、〈クラブ・18番地〉について、色々情報を仕入れて来たのである。

「かなり危ないって噂《うわさ》だよ」

と、千代子が言った。

クロロックの自宅で、夕食の後、千代子とみどりもやって来ていた。――和子は、さすがに妹の身が心配で、「食欲がない……」と言っていたが、結局ご飯三杯は食べていた。

「クラブの会員だね、問題は」

と、千代子が言った。

「大物が揃ってるのね」

エリカは、千代子から渡されたメモを見て言った。

そこには、エリカも名前を知っている、そしてTVCMでもよく見る企業の重役、幹部の名前がズラリと並んでいた。さらには政治家も。

「もちろん、そのメモは、あくまで噂で耳に入った名前だから」

と、千代子が言って、

「確認は取れないよ。会員の名前は明かしてないから」

「でも、ふしぎね」

と、エリカは首を振って、

「こんなメンバーと、あの小さな日かげ村が、どうつながるの？」

「村の出身者で、誰か有名になった人間はおらんのか？」

と、クロロックが訊いたが、和子は首をかしげるばかりで、

「そんな村人がいたら、もっと村は便利になってると思いますけど……」

「なるほど。理屈だな」

と、クロロックは肯《うなず》いて、

「まず確かなのは、立ち退き料を村長がひとり占《じ》めして、おそらく生田《いくた》という男に回したことだろうな。その芳子ちゃんと一緒だったという村長夫人も絡んでおるだろう」

「それと――ダム建設の工事って、お金が動くでしょ」

「そうだな。建設会社、土木工事、セメント会社……。いくつもの企業が係わる。全体を見れば工費は大変な額になる」

「〈クロロック商会〉の売り上げとは桁違《けたちが》いね」

エリカに言われて、クロロックはいささか不満げに、

「真面目《まじめ》に仕事をしておれば、そうもうかるものではないのだ」

それはそうかもしれない、とエリカは思った。

「でも、村の人たちが、そのクラブで働いてるとは思えないね」

と、千代子が言った。

「じゃ、どこで何してるんだろ?」

エリカが首をかしげていると、スマホに着信があった。

「もしもし、エリカです。――どうもありがとう」

エリカはメモを取って、

「――うん。力を借りたいときは連絡します。どうもね!」

「誰からだ?」

「刑事さん。車のナンバーから持ち主を調べてもらった」

これまでも、しばしば「事件の解決」に協力して来たクロロックとエリカ。警察にも知

り合いがいるのだ。

「芳子ちゃんを乗せてった車は、〈S建設〉の車だって。会社の持ってる車なのね」

「その車を見付けて、尾《つ》けてみよう。きっと何か分かってくる」

「でも、クラブに潜り込むのは大変そうね」

と、みどりが言った。

「ラーメンの出前とか取らないかな」

「まさか」

「クラブっていうんだから、相手をする女性たちがいるわけでしょ」

と、エリカは言ったが――。

少し間があって、千代子が言った。

「考えてることは分かるけど、エリカじゃ無理だと思うよ」

「何も言ってないでしょ」

「クラブで働こうって思ってるんでしょ？」

「勘違いしないで」

と、エリカはやり込めるように、

「クラブの仕事ったって、色々あるわよ。色っぽくなくてもできる仕事がね」

確かに、〈クラブ・18番地〉は豪華な建物だった。

とはいえ、まだ明るい昼間では、ひっそりと静まり返っている。その入口前で、

「すみません！　誰かいませんか！」

と、声を張り上げている若い二人の女の子がいた。

しかし、クラブで働きに来た、というスタイルではない。二人とも、ヨレヨレの作業服に、大きな道具箱をさげていたのである。

「――何だね、一体？」

正面の扉が開いて、蝶《ちょう》ネクタイの男が不機嫌な顔で出て来た。

「こちらの方？　私たち、〈駆除《くじょ》会社〉の者ですけど」

と言ったのはエリカ、もう一人はみどりである。

「クジョ？　何だ、それ？」

「ゴキブリとかダニとかを駆除する会社です」

「そんなこと、頼んどらんぞ」

「この建物の裏のビルで、大きなネズミが出たんです」

と、エリカは言った。

「ネズミ？」

「ええ、大騒ぎで。何とか私たちで捕まえたんですけど、下水道がこの建物にもつながってるんで、ネズミがこっちにも出入りしている可能性が。こちら、客商売でしょ？　お客さんが楽しんでらっしゃるところにネズミが出たら、お店の評判が――」

「そりゃ大変だ！」

と、男は青くなって、

「ちょっと――ちょっと待ってくれ！」

男が誰かを呼びに行っている間に、エリカとみどりはクラブの中へ入っていた。

夜になると、きっと妖しげな雰囲気《ふんいき》の場所になるのだろうが、今はただの受付とクロークそこへタキシードの男が、

「——おい、何だって？」

と、大きな声で言いながらやって来た。

「ネズミのことで——」

「今、聞いた。しかし、こっちにゃ出てねえぞ」

「いなければ幸いですが、今日、裏手のビルでネズミを追っかけてたので、万一、こっちへ逃げて来ているってことも……」

と、エリカは言った。

「分かった。調べれば分かるのか？」

「見付かるとは限りません。でも、出入りしそうな場所に、ワナを仕掛けることはできます」

「そうか。じゃ頼もう。——いや、待て。いくらかかるんだ？　あんまり高いと……」

「ご心配なく。私どもはこの辺りのビルを共同管理している組合の者なので、お金はいただきません」

「そうか！　それなら安心だ。——おい、地下へ案内してやれ」

と、部下へ言った。

「じゃ、ちょっと失礼します」

エリカとみどりは、道具箱をさげて、受付の奥の階段を下りて行った……。

＊裏切り

「うな重を。――漬物を沢山《たくさん》持って来てね」

と、その女性は注文した。

そしておしぼりで手を拭くと、

「やっと少し慣れたわね」

と呟《つぶや》いた。

ホテルの中の和食の店。――ランチでも一万円近くもする。

初めの内は、「これが何千円もする」と思うと、刺身ひと切れ食べるにも手が震えたものだ。

でも、もう大丈夫。

「そうよ。私は〈クラブ・18番地〉の会員なんだもの」

と、自分に向かって言い聞かせる。

やがて、うな重が運ばれて来て、佐川君子《さがわきみこ》はウットリと、

「いい匂《にお》い！　うなぎはこうでなきゃね」

と呟いた。

一口二口、夢中で食べていると、不意に誰かが向かいの席に座った。

「味はどうです、村長夫人？」

「――ああ、びっくりした！」

と、君子は胸に手を当てて、

「心臓が止まるかと思ったわ」

「大げさな」

と、男は笑った。

「生田《いくた》さん、どうしてここへ？」

と、日かげ村の元村長佐川広吉《こうきち》の妻、君子は言った。

「困りますね、ちゃんと報告していただかないと」

と、生田は言った。

「何のことかしら？」

「とぼけないで下さい。大森《おおもり》の娘を渋谷《しぶや》へ連れて行ったとき、姉に見られたそうじゃないですか」

「ああ、それは……。でも、うまく逃げて来ましたよ」

「でなきゃ困ります。──これからは、外出するとき、必ず私に許可を得て下さい」

「そんな……。私に命令するの？　私は村長夫人よ。あなたたちのために、どんなに力になってあげたか……」

と、君子は言い返した。

「もちろん分かっていますとも。しかし、まだすべてがうまくおさまったわけじゃない。慎重に行動して下さい」

「承知してますよ」

「では、ゆっくり味わって下さい。うな重をね」

生田は、ちょっと冷ややかに言って、席を立って行った。君子は不服げに、

「田舎者《いなかもの》だと思って、馬鹿にしてるんだわ、全《まった》く！」

と言うと、再びうな重の方に専念した。


生田は、和食の店を出ると、ロビーでケータイを取り出した。

「――生田です。今、村長夫人に。――ええ、このままではやはり危ないでしょう。手を打たないと。――もちろんです。――じゃ、早速手配しましょう。――お任せ下さい」

生田の口元には冷たい笑みが浮かんでいた……。


「じゃ、地下に部屋が？」

と、千代子《ちよこ》が言った。

「うん。ちょっと覗《のぞ》いただけだけど、いくつも部屋があった」

と、エリカが肯《うなず》いて、

「村の人たち、みんなあそこにいるんだと思うわ」

「でも、それでどうするつもりなんだろうね?」

「それを探るために、私とみどりが行って来たんじゃないの」

と、エリカは言って、スイッチを入れた。

「——何か聞こえる?」

クロロックも加わって、話し合っているところだった。

スピーカーからは、やがて、カツカツと靴音《くつおと》が聞こえて来た。

「おい、みんなを集めろ」

という男の声が、はっきり聞こえて来て、

「やったね!」

と、みどりが声を上げた。

ネズミ対策として、罠《わな》を仕掛けて来た。その「罠」が、実はマイクと発信機だったのである。

ザワザワと人の声がして、

「皆さん、聞いて下さい!」

と、男が言うのが聞こえた。

「ずっと、部屋の中で待機してもらいました。さぞお疲れでしょう」

そして、男は続けた。

「この週末、バスでの旅行をやることになりました。もちろん、三泊四日。温泉で、のんびりしましょう」

「やあ、それは……」

「楽しみね！」

という声がして、拍手が起こった。

「――村の人の声です」

聞いていた和子《かずこ》が言った。

「遊園地にも行きたい！」

という声。

「芳子《よしこ》だわ！」

と、和子が息を呑《の》む。

「ええ、行きますよ。思い切り楽しんで下さい」

「この声、生田って人です」

と、和子が言った。

「何か企《たくら》んでるな」

と、クロロックが言った。

「出発は明日の午前十一時です」

と、生田が言った。

「――バス旅行か」

と、クロロックが言った。

「何かありそうだの」

「どうしよう?」

「うむ……。ここはやはり、我々もついて行くしかあるまい」

「車で?」

「〈クロロック商会〉の車がある。それを使おう」

「いいの？」

「社長だぞ！」

と、クロロックは胸を張って、

「たまには使ってもよかろう」

強気だか弱気だか……。

ともかく――。


翌日の午前十時四十五分である。地味で、かなり古い〈クロロック商会〉の車は、〈クラブ・18番地〉の建物の裏手に待機していた。

「バスが来た」

と、エリカは言ったが――。

「あのバス？　相当古そうだよ」

「上には上があるものだな」

「まあね……」

〈観光バス〉の社名も、薄くなって、ほとんど読めない。少なくとも現役《げんえき》として、バス会社が使っているとは、とても思えない。

「さあ、どうぞ!」

という声がした。

「生田だわ」

と、和子が言った。

「さあ、どうぞ乗って下さい」

建物の裏口から、人が出て来る。

「村の人たちです!」

と、和子は車から飛び出して行きそうになって、エリカに止められた。

「向こうが何を考えてるのか、調べるのよ」

「――そうでした」

「心配なのは分かるけど」

と、エリカは和子の肩を叩いて、

「大丈夫。私たちがついてるわ」

――それにしても、よほど外出できずにいたのだろう。子供も年寄りも大喜びでバスに乗り込んだ。

「では、出発しましょう！」

と、生田が小学生でも相手にしているかのような声を上げた。

ドライバーは――バスとどっちが、というくらいの老人だった。

「どこに行くつもりだろ？」

と、エリカは車を出した。

長いドライブなら、途中で千代子が交替することになっている。

バスはのんびり走っているので、後をついて行くのは難しくなかった。

一日都内の遊園地に停まって、二時間ほど過ごし、再びバスは郊外へと走り出した。

バスの中でお弁当を食べている。

「――どこへ向かってるんだろう？」

途中で交替した千代子がハンドルを握って、首をかしげた。

「こっちの方に、見学できるような所、あったっけ？」

古い車なので、カーナビがない。エリカはロードマップをめくって、

「山の中へ入って行く道だね」

と言った。

「温泉にでも行くつもりかな」

と、クロロックが言った。

「私も入りたい！」

と、みどりが言った。

「――温泉に行く道って感じでもないね」

と、エリカは地図をめくりながら言った。

夕方になり、辺りが暗くなってくる。

「尾行しているのを気付かれんようにな」

と、クロロックが言った。

「でも、道は曲がりくねってますから、ライトは見えないでしょう」

道はどんどん山の奥へと入って行く。

「ライトを消せ！」

と、クロロックが突然言った。

「ブレーキの音がした」

ライトを消し、静かに車を停める。

少し先に、バスが停まっていた。

クロロックとエリカは、車を降りると、そっとバスへと近付いた。

バスから降りて、生田がケータイで誰かにかけていた
「──先生、生田です。──ええ、今、例の場所に来ています」

と、周囲の木立を見回して、

「もちろん、人目につくことはありません。ドライバーが道を間違えて山道へ入り込んでしまった、と思われるでしょう」

生田はバスの前方へ目をやって、

「曲がりくねった道ですからね。道をそれて崖《がけ》から転落したと誰でも思いますよ」

エリカとクロロックは顔を見合わせた。

「中の客はみんなぐっすり眠ってます。――ええ、後はあの年寄りのドライバーさえ眠らせれば。下は湖ですからね。当分は見付かりませんよ」

ひどいことを……。村人みんなを事故に見せかけて殺そうというのか？

「はあ、そばに車を一台隠してあるので、私はそれに乗って帰ります。――承知しました。では」

生田が通話を切ると、バスから、ドライバーが降りてきて、

「ちょっと！　こんな所にいつまで停めとくんだね？」

と言った。

「――やあ、すまんね。すぐに出るよ」

「道がさっぱり分からん。一体どこへ向かってるのかね？」

「この先に温泉があるのさ」

と、生田は言った。

「温泉？　聞いたことがないぞ」

「ほら、木の間から明かりが見えるだろ」

「明かりだって？　どこに？」

「ほら、その向こうだよ」

生田はドライバーの後ろに回ると、ポケットから取り出したハンマーのようなもので、ドライバーの頭を殴《なぐ》った。ドライバーが倒れる。エリカがギョッとして、

「お父さん――」

「気を失っただけだ。息をしておる」

「でも、どうしてこんな……」

「本当のワルの正体を突き止めねばならんな」

と、クロロックは言った。

生田は気を失ったドライバーを、苦労してバスに乗せると、汗を拭《ぬぐ》った。

「やれやれ……」

生田が、茂みをかき分けて奥へ入って行く。

しばらくして、車の音がすると、小型の車を生田が運転して来た。

車をバスの後ろにつけると、

「こう見えても馬力のある車なんだ」

と呟《つぶや》いて、車をバスの後ろにぶつけた。

バスが、ガクンと揺れて、動き出す。

ブレーキが外してあるのだろう。バスは生田の車に押されてゆっくりと進んで行った。

そして、道から外れると、下り斜面に向かって突っ込んで行く。

木が倒される音がして、バスは視界から消えた。生田が車を停め、辺りが静かになると
——。少しして、激しく何かがぶつかる音が聞こえて来た。

「悪く思うなよ」

と、生田は気軽な口調で言うと、エンジンをかけ、車を走らせて行った。

「——やれやれ、とはこっちのセリフだな」

と、クロロックが茂みをかき分けて息をついた。

「もう大丈夫ですよ」

と、エリカが言うと、木立の奥から村人たちがザワザワと出て来た。

「間に合って良かった」

生田が自分の隠しておいた車を取りに行っている間に、エリカやクロロックたちがバスへ駆けつけて、中の村人たちを叩き起こして、降ろしたのだ。

戻って来た生田は、バスが空《から》になっていることに気付かなかったのである。

「お姉ちゃん!」

「芳子!」

和子が妹を抱きしめた。

他の村人たちは、まだ寝ぼけているのか、何が起こったか、よく分からずポカンとしていた。

「――村長さん!」

と、和子が言った。

「みんな殺されるところだったんですよ!」

「ああ……。どうしてだ?　わしらは言われた通りに……」

佐川村長は、妻の君子が青くなって震えているのを、何とか支えていた。

「あんたたちの村を消してしまったついでに、住人も消そうとしたのだな」

「どうして、そんなひどいことを……」

「しかしな、村長さん。あんたも、村の人たちに立ち退き料が支払われることを隠しとったのだろう?」

クロロックに言われて、佐川は、

「それはその……ちゃんと村の人たちの面倒はみると言われて……」

と、口ごもった。

「真相を突き止めなければな」

と、クロロックは言ったが、

「しかし困ったな。この車一台では、何人も乗れんぞ」

「来た道を歩いて下りますよ」

と、和子が言った。

「村の人たちは、みんな脚が丈夫ですから。歩いてる内に目も覚めるでしょうし」

「なるほど」

クロロックは肯《うなず》いて、

「では、夜のハイキングと行くか」

そこへフラフラと現れたのは、殴《なぐ》られて気絶していたバスのドライバーで、

「どうなってるんだ？　――俺のバスはどこだ？」

と、わけが分からずに周囲を見回していた……。

＊闇を照らす

「今夜もにぎやかね」

と、派手なドレスの女性が、〈クラブ・18番地〉の入口にタキシード姿で立っている生《い》田《く》《た》へ声をかけた。

「これは吉本《よしもと》先生」

と、生田はていねいに頭を下げ、

「いつもごひいきにありがとうございます」

「ちょっと、『先生』は照れるわ」

と、吉本さつきは言った。

「しかし、国会議員でいらっしゃるんですから、やはり『先生』ですよ」

そう呼ばれて喜んでいるのは、誰が見ても分かった。

「まあ、そう呼ばれるのにも慣れなくちゃね」

と言って、吉本さつきは店の中へ入って行った。

生田は苦笑して、

「呼ぶのに慣れる方も大変だよ」

と呟《つぶや》いた。

吉本さつきは、七、八年前まで、TVのバラエティー番組に出ていた、あまり売れないタレントだった。

さっぱりTVでも見なくなって、消えてしまったのかと誰もが思っていたら――何と突然選挙に立候補したのだ。

政界の実力者のイベントに出て、何をどう言えば気に入ってもらえるかを学んだのだろう。当選して、今や「先生」になったというわけだ。

生田としても、このクラブの事実上の持ち主である、ベテランの「先生」のご機嫌をうかがうのが第一の仕事。

それには、その「先生」に可愛《かわい》がられている吉本さつきのことも大いに持ち上げておかなくてはならないのだ。

「おい」

と、生田は部下を呼んで、

「ここを頼む。俺は『先生』のそばにいないとな」

と任せて、店の奥へ入って行った。

クラブの奥には〈VIPルーム〉があって、そこには特別な客しか入れない。

もちろん「吉本先生」はその一人だ。

生田は、フロアの座席を占《し》めている、一流企業のオーナー社長や、二代目経営者など、なじみの客にも挨拶《あいさつ》しながら店内を回っていた。

そして、〈VIPルーム〉に入ろうとしていると、

「支配人！」

と、入口を任せた部下が駆けて来た。

「どうした？　店の中で、みっともない」

と、生田は叱《しか》りつけたが、

「それが、あの……」

と、部下が青くなっている。

「どうしたっていうんだ？」

「バスです」

「バス？　バスがどうした？」

「あのバスです。私が中古のを買った——」

「何だと？　馬鹿を言うな！　あのバスはとっくに——」

と言いかけて、生田はあわてて咳払《せきばら》いすると、

「よく似たバスだろう。大体、こんな所にバスがどうして入って来るんだ？」

「でも……本当に……」

「分かった。俺が見に行ってやる」

生田は足早に店内を横切って、入口へとやって来た。

「どこにバスが——」

と言いかけて、ギョッとした。

確かに、あの崖《がけ》の下へ落ちて行ったのとそっくりなバスが、目の前に迫って来て、あわてて後ずさる。

「こんな馬鹿な！」

と、生田は口走った。

「湖に沈んだはずだ！」

そのバスは、まるで水の中から出て来たかのように、濡れていた。クラブの前で停まると、前方の扉が開いて、ザーッと水が流れ落ちて来る。

何だ、これは？　――生田も、さすがに凍りついたように動けなかった。

そのとき、店内で、

「誰か来て！」

と叫ぶ声がした。

〈ＶＩＰルーム〉の吉本さつきだ。

生田はあわてて店の中へ戻ったが――。

奥まで行く前に、足は止まってしまった。

「おい！　どうなってるんだ！」

「何だ、こいつらは！」

と、客が怒鳴った。

店内の明かりが一杯についていて、席のそこここには、あのバスに乗っていたはずの、日かげ村の村人たちが座っていたのである。

「こんなことが……」

と、生田は目の前の光景が信じられずに、

「みんな……死んだはずだ！」

と、上ずった声で言った。

「しっかり録音したわ」

と言ったのは、入口に立っていたエリカだった。

「バスが『湖に沈んだはず』で、村の人たちは『死んだはず』だってね」

「何だと？」

「ちょっと！　助けてよ！」

〈ＶＩＰルーム〉から、吉本さつきがフラフラとよろけながら出て来た。

そのさつきの両腕をしっかりつかんでいるのは、村長の佐川《さがわ》とその妻だった。

「佐川さん……」

「生田さん、ひどいじゃないか。我々を皆殺しにするなんて」

と、佐川が言った。

「そうよ！　あなたの言う通りにしてあげたのに。お金を巻き上げるだけじゃ足りないの？」

と、妻の君子《きみこ》が言った。

「待ってくれ！　俺はただ言われた通りに——」

と、生田は言いかけて、

「そもそもはあんたのせいだぞ！」

と、吉本さつきを指さして、

「あんたを当選させるのに金がいる、と『先生』から言われて、仕方なくやったんだ！」

「何よ！　私のせい？　冗談じゃないわ！　私はね、国会議員の『先生』なのよ！　当選すれば勝ちよ。お金がどうしたって、知ったことじゃないわ！」

生田とさつきがやり合っていると――。

「今、〈クラブ・18番地〉から生中継しています」

と、女性の声がして、

「〈ニュースワイド〉は、〈クラブ・18番地〉を巡って、ダムに沈んだ村の立ち退き料横領の疑惑が持ち上がっている件につき、現地よりリポートします」

TVカメラが何台も店内に入って来ていた。

「おい！　何してるんだ！」

と、生田があわてて、

「カメラを止めろ！　『先生』に言いつけるぞ！」

と怒鳴った。

「いやいや」

と、進み出たのはクロロックで、

「君は支配人として、まことに優秀だ。それは私が保証する」

「――あんたは？」

「よく知ってるではないか」

と、クロロックは生田の肩を叩いて、

「忘れたかな？　よく見てみなさい」

「しかし……」

生田がクロロックの目を見て、フラッとよろけた。催眠術《さいみんじゅつ》にかかったのである。

「やあ、これはどうも……」

「うむ。君は支配人として、この店を健全なクラブにするべく努力しておる」

「その通り！　全《まった》くです。私がいくら頑張っても、『先生』は『金になればどうでもいい』とおっしゃるので……」

「そこの女性を当選させるために、金が必要だったのだな？　しかし、何も村人を死なせなくても……」

「そうなんです。『先生』がお金を出せばすんだことなのに、『あんな奴のために金は出せん。何か金をひねり出す手を考えろ』と……」

「ちょっと！　『あんな奴』って私のこと？」

と、さつきが甲高《かんだか》い声を上げた。

「ちょうどダムで水没する村の話を耳にして、うまく騙《だま》して、立ち退き料をこっちへいただこうということに……」

生田にマイクを向けていたリポーターが、

「その『先生』とは誰なんですか？」

と訊いた。

「初めは、うまくごまかして丸めこめると思っていたのだな」

と、クロロックが言った。

「でも、みんな貧しいんですもの」

と、和子《かずこ》が首を振って、

「お金が入るとなれば、黙っていませんよ」

「生田も、予想が外れたのだな。東京へ連れて来て、適当に遊ばせておけば、その内金のことは言わなくなると思っていたが、そうはいかなかった」

「でも、だからって、バスごと湖に沈めようなんて、ひどいよね」

と、エリカが言った。

「助けていただいて」

と、和子が言った。

「みんな目が覚めたと思います。もともとうまい話に乗ったのが間違いですもの」

生田は、「立ち退き料を元手に、何倍にも増やしてやるから、時間をくれ」と、村人を説得。しかし、もちろん立ち退き料は使ってしまったわけで、生田も追い詰められたのだ。

――東京駅近くのレストランで、クロロックとエリカ、そして和子の三人はランチを食べていた。

「――でも、大騒ぎね」

と、エリカが言った。

そう。生田が口にした「先生」は、目下の大臣で、いずれ首相にと見られていた。

　しかし、この騒ぎで、「生田が勝手にやった」と言っているものの、大臣は辞めざるを得なかった。当然、買収容疑の吉本さつきも逮捕されるだろうと言われている。

「おいしいですね！」

　と、和子がステーキを食べながら、

「私は東京で仕事を見付けます。他の人たちは分かりませんけど」

「でも、もう村はなくなったわけだしね」

「どこか、人口が減って困ってる町とかに住もうかと言ってる人もいます」

「村長さん夫婦は、横領に係わったというので、取り調べられるわね」

　と、エリカが言った。

「うちは、何とか一家で東京に住めないか、考えてみます。家出しても意味なさそうですもの」

「家出でなく、独立だと思えばいい」

　と、クロロックは微笑《ほほえ》んで、

「いずれ、妹さんたちも独り立ちして行く日が来る」

「そうですねえ……」

和子は、ちょっと考え込んで、

「孫の代くらいには、安心して暮らせるようにしたいです」

「気が長いのね」

「そうそう」

クロロックが思い出して、

「よく似たバスを中古で買ったが、その代金をどうひねり出すか……。頭が痛い」

「会社の経費にならないの?」

「〈中古バス一台〉か?　一体何に使うんだ?」

「そうねえ……」

エリカは首をかしげて、

「社員旅行に使うとか?」

「いいですね!」

と、和子が笑顔になって、

「私、黒田節《くろだぶし》、踊るの、得意なんです！」

吸血鬼と仇討志願

✤セット

懐手《ふところで》をした浪人が、大分酔っているのか、千鳥足《ちどりあし》で通りへ出て来た。

「どうも、まだ飲み足りんな……」

と、ゲップをしながら言うと、

「そうだ。この間用心棒をしてやった店で……。一両や二両、出すだろう」

と歩き出した。

そこへ、

「待て！」

と甲高《かんだか》い声がして、

「坂田右近《さかたうこん》！　見付けたぞ！」

「うん？」

浪人は振り返って、

「何だお前は？」

「そなたの卑怯《ひきょう》な闇討《やみう》ちにあって死んだ、小田作之助《おださくのすけ》の一子、小田信之介《しんのすけ》だ！」

「同じく、娘、咲《さき》！」

「父の敵《かたき》、覚悟せよ！」

ポカンとしていた浪人は、ちょっと笑って、

「何かと思えば仇討《あだうち》か。おい、二人合わせて何才になる？　ま、あと十年は辛抱《しんぼう》しろ」

浪人が馬鹿にしたように言うのも当然で、死を覚悟した白装束《しろしょうぞく》の姉と弟だが、姉は十五、六、弟の方はまだ十二、三才だろう。

刀を抜いて構えるが、刃先は震えている。

「信之介、斬られる覚悟で、思い切って斬り込むのですよ！」

と、姉は短い小太刀《こだち》を両手でしっかり握りしめている。

「はい、姉上！　──ヤーッ！」

弟の方が浪人へと突っ込んで行くが軽くかわされ、浪人は刀を抜いた。

「仕方ない。ふ、ふびんだが、返り討ちだ」

——その光景を眺めていた橋口《はしぐち》みどりが、神代《かみしろ》エリカの方へそっと、

「ど、ど、どびんがどうかしたの？」

と訊いた。

「どびんじゃない、ふ、ふびんだよ」

と、エリカは小声で、

「本番なんだから、しゃべらないで」

「うん……。あの二人、斬られちゃうの？」

「知らないわよ」

——ここは撮影所の時代劇のセット。居酒屋と板塀《いたべい》のセットで、カメラが「仇討」の様子を捉えている。

少年は二度、三度と斬りかかるが、簡単によけられてしまう。

「信之介！　しっかりしなさい！」

「姉上！　必ずひと太刀」

「見ていなさい」

　と、姉は固く唇を結んで、小太刀を構えると、

「私が真直ぐに突っ込む！　相手が私を斬ったところを狙うのです」

「でも、姉上――」

「言う通りになさい！」

「はい！」

　姉が、斬られるのを覚悟で、浪人に向かって突っ込んで行こうというのだ。

　エリカは、チラッと隣に立っている父、フォン・クロロックを見た。

　何百年も続く吸血族の正統な後継者であるクロロックは、並の人間とは違う直感のようなものが働く。

　父の血を受け継いでいるエリカは、人間には聞き取れない、かすかな声で、

「お父さん、どうかしたの？」

　と訊いた。

「うむ……ちょっと気になってな」

「何が？」

「あの刀の光り方だ」

「だって、あれは撮影用の――」

「ヤッ！」

と、姉が小太刀で突きかかる。

浪人が傍へよけて、そこへ弟が斬りかかった。すると――。

弟の刀が、浪人の左腕へ斬りつけると、浪人の腕に血が飛んだ。

「おい！」

浪人が叫んだ。

「真剣じゃないか！　俺を殺す気か！」

スタッフが唖然《あぜん》として立ちすくんでいる。

「急いで手当てをしなさい」

と、クロロックの声が響いて、やっとスタッフが浪人役の役者へと駆け寄る。

「どうなってるんだ！」

と、監督が怒鳴った。

「誰が真剣を持たせた！」

ＡＤが少年から刀を取り上げると、

「本当だ。これ刃がちゃんと研《と》いでありますよ」

「俺にけがさせて、ただですむと思うなよ！」

と、浪人は、

「痛い！　血が止まらないぞ」

と訴えながら、セットから出て行った。

「僕……知りません」

と、少年は青ざめている。

「信ちゃんのせいじゃないわ」

と、姉が言った。

「信ちゃんは、ただ渡された刀を小道具だと思って使っただけよ」

「ともかく中止だ！」

と、監督が怒鳴った。


「クロロックさん」

と、声をかけて来たのは、長田咲《おさだ》。

仇討のシーンの姉を演じていた女の子である。

「やあ、大変だったな」

と、クロロックは肯《うなず》いて、

「間違えば、あの浪人を斬り殺してしまうところだったな」

長田咲は、今十九才。アイドルというより本格的な役者を目指している。

「本当に、どうしてあんなことになったのか……」

撮影は中止になり、長田咲も私服に着替えていた。エリカが慰めるように、

「あなたのせいじゃないんだから、気にしなくていいわよ」

と言ったが、

「でも、あの坂田さんって役者さん、とても口うるさいんです。今度の収録でも色々文句が多くて……」

「坂田というのは役の浪人の名前ではないのか？」

「シナリオライターさんが、考えるのが面倒で、〈坂田右近〉って名前に。本名は〈坂田左近〉なんです」

と、咲は微笑《ほほえ》んで、

「私の役も〈咲〉ですし、弟役の信ちゃんも、役名が〈小田信之介〉。本名は〈小田信《のぶ》之《ゆき》〉なんです」

「なるほど。いささか安直だな」

「まだ十三才ですけど、とても真面目《まじめ》でいい子なんです。役にさえ恵まれれば、きっといい役者に……」

撮影所の門の前のクロロックたちの所へ、小田信之が学生鞄《がくせいかばん》をしょってやって来た。

「信ちゃん、大丈夫？」

「うん……。坂田さんのけがが気になって」

「信ちゃんは悪くないわよ。誰もそんなこと言ってないでしょ」

「でも——坂田さんは、『真剣は重いから分かったはずだ』って」

「時代劇、初めてなのに、分かるわけないよね」

と、咲は小田信之の肩を叩いた。

「気にしないの。もともと文句の多い人じゃない」

すると——撮影所の門の外に、パトカーが来て停まった。

「何だろ?」

エリカが首をかしげる。

刑事が二人降りて来ると、門を入って来て、

「現場はどこだ?」

と、ガードマンに訊いた。

「何のことでしょう?」

と、ガードマンも面食らっている。

「刀で斬りつけられて負傷したという通報があった」

それを聞いて、咲がびっくりして、

「それは事故だったんです」

と言った。

「君は何だ？　通報して来たのは――」

「私です」

と、やって来たのは、けがをした左腕を吊った坂田だった。

「坂田さん。どうして――」

「その子は、分かってて俺に斬りつけたんだ」

「そんなわけないじゃありませんか！」

「お前の知ったことじゃない。刑事さん、この男の子が私を殺そうとしたんです」

と、坂田が小田信之を指さした。

「僕、そんなこと――」

「坂田さん！　どうして信ちゃんがあなたを殺そうとするんですか？　そんな理由、ないじゃありませんか！」

と、咲が信之を抱き寄せる。

「ところが、理由があるんだ」

と、坂田は唇を歪めて笑うと、

「こいつの親父《おやじ》は、舞台に出ていたときに覚醒剤《かくせいざい》をやっているのがばれて捕まった。それで役者人生を失ったんだ。そのとき、奴の代役に抜擢《ばってき》されたのが俺だった。だから奴は俺を恨んでるんだ」

信之が顔を真赤にして、

「そんなの嘘だ！」

と叫んだ。

「お父さんは身に覚えがないのに捕まったんだ！」

「そんなわけがあるか。刑事さん、凶器の刀は現場に保管してあります」

「では行こうか」

刑事に腕を取られて、信之はセットの方へと引っ張って行かれた。

「信ちゃん！　大丈夫よ！　必ず助けてあげるからね！」

咲は涙声になって叫んだ。

「――お父さん」

「うむ。どうも、これはややこしいことになりそうだな」

と、クロロックは腕組みをして言った……。

✤スキャンダル

「社長」

と、いつもの歯切れのいい声がした。

「お客様です」

「うむ。そうか」

クロロックは顔を上げると、

「約束があったかな?」

と、秘書に訊いた。

「いえ、約束はありません。お引き取り願いますか?」

キリッとしたスーツの若い女性。――〈クロロック商会〉の社長秘書、金原《かねはら》ルリである。

細かい点まで予定を正確に立て、クロロックの仕事を管理している。実際、この金原ルリがいないと、クロロックは「今日何時にどこへ行けばいいのか」分からない。

「セールスか何かなら、帰ってもらっても構わんが。客は誰だ？」

「若くて可愛《かわい》い女の子です」

「君らしくもない言い方だな」

「手っ取り早く言いますと、長田咲《おさださき》さんです」

「何だ、そうか」

クロロックは、いたずらっぽく笑みを浮かべた秘書に、

「君もそういうたずらをして面白がるのか」

「社長は私のこと、血の通っていないロボットだと思っておいでのようなので」

「そんなこと、思っとらんよ。——応接室へ通しておいてくれ。すぐ行く」

「かしこまりました。少し落ち込んでおいでの様子ですので、同情されるのは結構ですが、そこで止めておいて下さい」

と、金原ルリは行きかけて、

「出すのはコーヒー、紅茶、どちらが？」

「そうだな。やさしいミルクティーがいいかもしれん」

「同感です」

と、ルリは言った……。

──あの撮影所での出来事から十日ほどたっていた。

長田咲は、今度〈クロロック商会〉が幹事企業として開催するフェアのイメージガールだった。あの時代劇の収録に呼ばれていたのはそのせいだ。

「やあ、お待たせした」

応接室へ入って行ったクロロックが声をかけると、長田咲はやや青ざめた緊張した表情で、

「その節はどうも……」

と言った。

「大変だったたな。事情はいくらか聞いている。あの後、あの時代劇から降ろされたそうだな。君もあの小田信之《おだのぶゆき》君も」

「ええ。坂田《さかた》さんがプロデューサーにあれこれ訴えたらしくて。――でも、私はいいんです。あの仕事一つが失くなっただけですから。でも信ちゃんは……」

「ワイドショーでも騒がれとるな」

「〈本物の仇討《あだうち》か！〉なんて、元は週刊誌のネタだったんです。今週号に載ってます」

「すると誰かが――」

「坂田さんに決まってます！」

咲は怒りをにじませて、

「週刊誌に売り込んだんです。警察の方でも、話題になったので、信ちゃんを取り調べて……。十三の男の子ですよ！　可哀《かわい》そうに」

「真剣をあの子がどうして手にしたのか、分かったのか？」

「いいえ。信ちゃんがわざとやったということになって、誰が間違って渡したのか、調べられてないんです」

「それは困ったものだな」

と、クロロックは腕組みをして、

「日本の警察は、一旦こうと思い込むと、他の可能性を調べない、悪いくせがある」

「あ、すみません。そんなことより……」

咲は座り直して、

「事務所の社長さんに言われて伺《うかが》いました。今度のことで、そちらのフェアのイメージガールはご辞退した方がいいのか、訊いて来いと……」

と言って目を伏せた。

「どうして辞退するんだ？」

と、クロロックは訊いた。

「あの――私の名前も、週刊誌には出ていますし……」

「何を言うか。君には何もやましいところはない。イメージガールとして活動してもらうことには一切変更はない」

「クロロックさん……」

咲は感激して涙をこらえられず、ハンカチで目を押さえた。

そこへ、

「お待たせしました」

と、金原ルリがミルクティーを運んで来た。

そして、咲が涙を拭いているのを見ると、

「社長、女の子を泣かせたんですか」

と言った。

クロロックはあわてて、

「そうじゃない！　私がどうして――」

「分かってます。からかっただけです」

と、ルリは澄まして言った。

それを聞くと、咲は涙を拭きながら笑った。

「そうだ。それでいい」

と、クロロックは肯《うなず》いた。

そして、何のことはない、ルリもそのままソファにかけて、咲の話を聞くと、

「信ちゃんって子のお父さんはどうしてらっしゃるの？」

と訊いた。

「それは……分かりません。事務所の先輩の役者さんにも訊いてみたんですけど、誰も知らないんです。今は役者としてやっていないらしくて……」

「安心なさい。うちの社長は、人の災難を放っとけないたちなの」

と、ルリは言った。

「咲さんと二人で、きっと信ちゃんを助けて下さるわ。ね、社長？」

「私には仕事がある」

「秘書の私がスケジュールを調整します。この咲ちゃんを助けてあげて下さい」

「そんな秘書があるか？」

と、クロロックは呆《あき》れたものの、結局エリカを呼び出すはめになった……。

「いや、もうその話は……」

誰に訊いても、口をにごす。

撮影所の中で、すでに事件は「過去」になっていた。

「そのことは、ちょっと勘弁して下さい」

と、小道具の男性が逃げ出しそうになると、

「何よ！　ビクビクして、情けない」

と、小道具係をにらみつけた中年女性がいた。

「はあ、ですが北山《きたやま》さん、上の方からきつくお達しが」

「北山さつきさんですね」

と、エリカが言った。

「おや、私の名前を知っててくれるの？」

と、女優はニッコリ笑った。

「私は神代《かみしろ》エリカ。これは父のクロロックです」

「ああ、誰かが言ってたわ。吸血鬼の格好をしている、変わった人がいたって」

「例の真剣取り違えの件で、二、三伺ってもよいかな？」

と、クロロックが言った。

「いいわよ。しばらく出番ないし、お茶でも飲みましょ」

ちょっと男まさりの姐《あね》ご肌《はだ》、という印象の北山さつき。

主役をやることはないが、ワンシーン出てくるだけで、画面をさらってしまうタイプである。

さつきは、撮影所の正門の真向かいにある喫茶店《きっさてん》に、咲やエリカたちを連れて行った。

そして、

「——あの子は可哀そうにね」

と、コーヒーを飲みながら、

「十三の男の子が、いくら父の敵《かたき》だっていっても、真剣を振り回しゃしないわよ」

「小道具として、いつも真剣は用意してあるんですか？」

と、エリカが訊いた。

「もちろん、あるわよ」

と、さつきは肯いて、

「立ち回りのときは、もちろん真剣なんか使わない。でも、じっと刀を構えているカットでは、真剣を持たせるの。何といっても、刀の光り方が違うからね。でも、その場合でも間違って手を切ったりしないように、刃は落としてあるのが普通なのよ。あんな風に刃を落とさない真剣なんか、どうして混ざってたのかしらね」

「小道具の人も、どうしてだか分からないって話してるそうですね」

「会社の責任になるのが怖いから、上から言い含められてるのよ」

「信ちゃんが、わざと坂田さんに斬りつけるなんて、あり得ませんよ」

と、長田咲が言った。

すると、クロロックが、

「失礼だが」

と、口を開いて、

「北山さつきさんは、もともと舞台女優ではなかったかな？　私はシェークスピアの〈マクベス〉で、あなたがマクベス夫人を演じたのを拝見したように思うが」

「まあ」

と、さつきは目を見開いて、

「驚いた。あんな小さな劇場でやったのを見てらしたの？」

「さよう。あのときのマクベス夫人はみごとでした。私はサラ・ベルナールを思い出したくらいだ」

「面白い方ね」

と、さつきは笑った。

もちろん、クロロックが、まさか十九世紀に活躍した名女優を実際に見ているとは思ってもいないのである。

「それじゃ、信ちゃんのお父さんのことを、知ってたんですか？」

と、咲が訊いた。

「小田和人《かずひと》さんね。——ええ、同じ舞台に立ったこともあるわ」

「今はどうしてるんですか？」

「分からないわ。覚醒剤《かくせいざい》で逮捕されてから、その後どうなったのか……」

と、さつきは首を振って、

「ずっと気にはなってたの。でも、私も、生きて行くためには、テレビの仕事に出ないわけにもいかなくてね」

「すると、あの信之という子は、母親と暮らしているのかな？」

「たぶんね。小田弥生《やよい》といって、若手の女優だった……。今どうしているのかしら」

さつきは少し考えていたが、

「――以前、彼女の住んでるアパートに行ったことがある。今もそこにいるかどうか分からないけど、行ってみる？」

「ぜひ伺いたいですな」

「じゃ、私の出番が終わるのを待ってて下さる？　大丈夫、セリフはひと言、『いやになっちゃうねえ』ってだけだから、すぐすむわ」

と、さつきは言った。


「ああ、いやになっちまうねえ」

肌寒いような日なのに、フラリと表に出て来た北山さつきが、手拭《てぬぐ》いで首筋の汗を拭いながらそう言うと、「蒸し暑い夏の夕方」の空気が感じられた。

「うまいものだ」

と、見物していたクロロックが感心して、

「こういう役者を、もっと大切にせねば」

「本当ですね」

と、咲が言った。

「たったひと言しかセリフがないなんて……」

「はい、ＯＫ！」

と、ディレクターが声をかけた。

「すぐに次のカットだぞ！」

カメラの前からさがって来た北山さつきへ、

「おみごと」

と言うと、クロロックは小さな花束を差し出した。

「まあ。――ありがとう」

さつきは感激した様子で、

「吸血鬼に襲われる役が必要なときは、いつでも言ってちょうだい。喜んで血を吸われてあげるわ」

と言った……。

＊ヒロイン

「弥生《やよい》さん？」

と、その女性はちょっと考えて、

「もしかして、あの隅っこの方で酔い潰れてる女のこと？」

まだ開店前の居酒屋で、一人飲んでいる女がいた。

「まあ……。弥生ちゃん、どうしちゃったの？」

と、北山《きたやま》さつきが歩み寄って、声をかける。

「え……。誰？　――二重に見えちゃって、よく分かんないけど……」

と、顔を上げる。

髪はボサボサで、白いものが混ざり、トロンとした目つきで、さつきを見つめて、

「──もしかして……さつきさん？」

「ええ、北山さつきよ。何してるの、まだ日も落ちない内に」

「そう？　でも……もう夜じゃなかった？　確か、暗くなってからここへ……」

「ゆうべから、そこで酔いつぶれてるんだよ」

と、女将《おかみ》が言った。

「ほらね？　暗くなってから入ったのよ……」

「呆《あき》れた！　信之《のぶゆき》ちゃんはどうしてるの？」

「え？　ああ、あの子……」

と、弥生は目を伏せて、

「いい子なのよ、私のこと心配してね……。でも、私といると食べてけないから……。人にやったのよ」

「やった？」

「うん……。こんな母さんの所に戻って来るんじゃないよ、って言ってやって……」

「でも、あんた、犬や猫じゃないんだから。やったって、誰にやったの？」

と、さつきがくり返し訊いていると、

「そっとしといてやってくれ」

と、男の声がした。

振り向いたさつきは、目をみはって、

「まあ、小田《おだ》さん」

と言った。

泥のついた作業服にゴム長靴《ながぐつ》の男が、女将の方へ、

「いつもすみません。払いはいくらになりますか」

「いいのよ、今でなくたって」

「いいえ、ちょうど日当をもらって来てるんで」

「じゃあ……五千円だけもらっとこうかね」

「そうですか。じゃ、後はまとめて。――弥生、帰ろう」

「小田さん……」

「さつきさんか。懐かしいね」

「今、どうしてるの？　信之ちゃんのこと――」

「ニュースで見たよ。確かに、坂田《さかた》のことは嫌いだが、まさか刀で……」

「待ちなさい」

と、クロロックが口を挟んだ。

「あなたは……」

「一応〈社長〉だ。どうかな、食事をおごらせてくれんか。会社の経費で落とす」

クロロックの妙な誘い方に、小田和人《かずひと》は面食らっていた。


「ああ……。久しぶりに、ご飯らしいご飯を食べたわ」

と、小田弥生は大分スッキリした表情で言った。

「オムライスか。――旨《うま》いもんだな」

と、小田和人は息をついて、

「さつきさん、心配かけてすまない」

「本当よ。――今、信之ちゃんはどうしてるの？」

「あいつは、俺といてもいいことはないし、生活も苦しいから、郡山《こおりやま》先生に預けてある」

「劇団の？　知らなかったわ」

「あんたは舞台に戻らんのか？」

と、クロロックが訊く。

「一度あんなことで追い出されると、戻るってのは……」

「身に覚えのないことなのだろう？」

「そうですが……。あのころの俺は、よく飲んでね。酔うと、その間の記憶がなくなっちまうんですよ。だから、ポケットに覚醒剤《かくせいざい》が入ってても、どうしてそんなものを持ってたのか、さっぱり……」

「しかし、ともかく今は、あんたの息子が、親の支えを必要としておる。その郡山という人の所へ会いに行ってやるといい」

クロロックの言葉に、小田はかすかに笑みを浮かべた。

「ご親切に。でも、それは却《かえ》って信之には迷惑じゃないかな」

と、小田が言うと、さつきが怒って、

「そんなわけないでしょ！　あの子はお父さんお母さんに会いたがってるわよ」

と、叱《しか》りつけた。

「――さつきさん、ありがとう」

と、弥生が言って、夫の方へ、

「行きましょう。先生に挨拶《あいさつ》だって、ちゃんとしてないわ」

「しかし……この格好じゃ」

「着替えればいいでしょ！　私も身づくろいするから、三十分待って。ね、あんたも」

「分かったよ……。ええと、クロ……ロクさんでしたか。おっしゃる通りで……」

「私も同道したい。郡山というのは、〈劇団アイス〉の郡山法也《のりや》だな？　一度会ってみたいと思っとった」

エリカがびっくりして、

「お父さん、いつから芝居通《つう》になったの？」

「シェークスピアやチェーホフは、我々の誇りだからな」

クロロックの言う意味は、エリカにしか通じなかった……。

「〈劇団アイス〉って変わった名ですね」

と、長田咲《おさださき》が言った。

「なに、郡山《こおりやま》の〈こおり〉を〈アイス〉にしただけだ」

と、クロロックの説明に、エリカと咲はふき出してしまった。

すると――。

「お待たせしました」

と、現れたのは小田弥生で、髪をきちんとまとめ、地味な服だが、却って上品に映えている。

「美しい。――さすが女優」

と、クロロックが肯《うなず》いた。

「恐れ入ります」

エリカたちも、別人のように美しくなった弥生に、しばし言葉を失っていた。

「遅れまして」

小田和人も、きちんとジャケットにネクタイをしてやって来た。

「ちゃんと発声訓練はしているな。いつか舞台に戻るつもりはあるのだろう」

と、クロロックは呟《つぶや》いた。

――郡山法也の〈劇団アイス〉の稽古場《けいこば》はプレハブの建物だが、殺風景《さっぷうけい》ではあるものの、安っぽい印象はなかった。

「歩き方がなってない!」

という声が飛んでいる。

「すみません」

叱られているのは、小田信之だった。顔が汗で光っている。

「いいか、誰も『さりげなく歩こう』なんて考えずに、いつも歩いてるんだ。そうだろう? だから、『さりげなく歩く』ってのは難しいんだ」

「はい」

と、信之は肯いて、

「――お母さんだ」

「うん？」

　郡山は振り向いて、

「何だ。——君たちか」

「お世話をかけてすみません」

　と、弥生が言った。

「それに、この度《たび》は——」

「信之から聞いた」

　と、郡山は肯いて、

「この子の言う通りだろう。坂田はスター気取りだ。自分の言うことが、どこまで通るか試してるのさ。——小田、何してるんだ、今？」

「色々です。日雇いで、ゴミ収集とか、引越しの手伝いとか」

「それなら、舞台の設営は楽なもんだな」

「先生——」

「すぐ舞台に立てなくても、劇場から離れるな」

そう言ってから、北山さつきの方へ、

「久しぶりだ。TVで見てるぞ。短くてもいい芝居をしてるな」

「ありがとうございます。先生にそう言われると――」

「ドラキュラのいでたちの方は？　舞台衣裳《いしょう》かな、それは？」

「いや、これは私のいわば〈制服〉のようなものでしてな」

と、クロロックは言った。

「それより……。弥生、きれいだな」

「先生、目が悪くなりました？」

稽古場に笑い声が響いた。

二十人近い役者たちへ、

「三十分休憩《きゅうけい》だ」

と、郡山が声をかけた。

「――小田さんが逮捕されたときのことで、ちょっと伺《うかが》いたくてな」

と、クロロックが言うと、

「ちょっと待って下さい」

長身で、白髪は混じりながらも若々しく見える郡山法也。――七十近い、役者で演出家でもある。

「弥生、何か仕事してるのか」

と、郡山が訊いた。

「いえ……。ホステスもどきのことも……」

「もったいない。ちょうど、次の公演のヒロインを決めかねてるんだ。今、君を見てピンと来た。君がやれ」

「先生、そんな……」

「君は役者だろ？　ちょっとでも舞台に立ったことのある者は、一生降りられないんだ」

「でも……」

「今夜、これを読んで来てくれ」

と、台本を弥生に渡す。

「はい……」

「明日から立ち稽古だ。よろしくな。――それで、クロロックさんでしたか。私になんのご用かな?」

クロロックが、小田和人が逮捕されたときのことを訊くと、

「そのときはねえ……」

と、郡山は考え込んでいたが、

「――そう。私は役者としてよその舞台に出ていたんです」

「すると、直接はご存じないんですな」

「ええ。舞台に穴をあけるわけにいきませんからね。坂田に代役をやらせたのは、そのとき出られる役者で、ちょうどいい年令の者がいなかったからです」

「あまりお好きではないようだ」

「そりゃそうです。うちの劇団に入ったものの、TVや映画のプロデューサーに次々に声をかけていた。もともと、人気スターになりたくて、その足がかりにしようとしていただけです」

「しかし、今も大スターとは……」

「もちろんです。ＴＶで二、三当たり役もあったが、結局実力が伴《ともな》わない」

「なるほど」

「それはそうと」

郡山はクロロックをまじまじと眺めて、

「あなたの個性は実に貴重だ。吸血鬼役で出演する気はありませんか？」

クロロックはちょっと笑って、

「いや、舞台とはいえ、自分の役を演じるのは照れくさい。それに社長業がなかなか忙しくてね」

「そうですか！　いや、惜しい！」

と、郡山はくり返した……。

✠ スポンサー

「十三の男の子を相手にして、何を妬《や》いてるの？」

と、派手な宝石類を腕や胸元に光らせながら、その女は言った。

「気味が悪いんだ」

と、坂田《さかた》が言った。

「あら、何が？」

「あのガキさ。俺を見る目が、何とも言えずゾッとするんだ」

「だって、もう役を降ろされたんでしょ？　放っとけばいいじゃないの」

「切られた身にもなってくれよ」

と、坂田は左腕の傷のあたりを、上着の袖《そで》の上からそっと触った。

──ホテルのバーは、静かで高級感が漂っている。

坂田が自分の金で飲みに来られる所ではない。一緒にいる派手な中年女性のおごりである。

「でも、結局、事故だったってことになったんでしょ?」

「まあな。──あんな子供に、真剣を用意するなんてことはできない、ってわけさ。こっちは切られ損だ」

と、坂田は肩をすくめて、

「しかも、あいつはすぐにドラマに復帰だ。あの年令の役者が少ないからな。子役って年令でもないが、まだ若者とも言えない」

「小田《おだ》……何ていったっけ?」

「小田信之《のぶゆき》だ。今度のNテレビの時代劇スペシャルに出る」

「それ、あなたも出るんじゃなかった?」

「ああ、出るよ。しかし脇役なんだ。俺よりあいつの方が出番も多いし、セリフもある。

俺は刑事物のシリーズで主役をやったことだってあるんだぜ。それなのに……」

仏頂面《ぶっちょうづら》の坂田を見ながら、中谷裕美《なかたにゆみ》はカクテルのグラスを空《から》にした。三十代で〈N美容スクール〉を立ち上げ、化粧品《けしょうひん》の販売とセットで成功した。

今、四十八才。ほぼ同世代の坂田とは、主催したイベントのゲストに呼んで、知り合った。

いささか妙な趣味だが、坂田のような、少しくたびれた中年男がグチをこぼして不機嫌な顔をしているのが好みらしい。

「——その子、何とかしてあげましょうか」

と、中谷裕美は言った。

「何とか、って?」

「うちはその時代劇スペシャルのスポンサーの一つよ。色々面白いことができるわ」

と、裕美は言って、ちょっと笑った。

「これじゃ、どうにもならないな」

と、ADがため息をついた。

「すみません。僕は何も……」

と、小田信之が力なく言った。

「──どうしたの？」

楽屋に入って来た北山《きたやま》さつきが、信之を見て、

「まあ！　その顔！」

と、声を上げた。

出番を前に、ここでメイクをしてもらった信之だったが、顔が燃えるように熱くなり、頬《ほお》も目の周りも、倍にもはれ上がってしまったのである。

「一体何をしたの？」

「私、何も……」

メイクの女性もオロオロするばかり。

「いつも通りの物しか使ってないんですけど……」

「──何かあったの？」

と、顔を出したのは、ドラマの収録を見に来たエリカとクロロックだった。

「こんな顔じゃ……。ディレクターに言って来ます」

と、ＡＤが駆け出して行く。

「何かのアレルギーね、きっと」

と、エリカが言った。

「今まで、こんなことなかったのに……」

と、信之は力なく椅子《いす》に座った。

「お父さん、何とかならない？」

と言われて、クロロックは、

「しかし、これはちょっとな……」

と、首をひねって、メイクに使った品物を手に取って匂《にお》いをかいだ。

「これは……」

と、クロロックは呟くと、

「成分を分析してもらった方がいい」

と言った。

するると、

「とんでもない！」

と、やって来た女性が、

「うちの化粧品にケチをつけるの？　この子に何のアレルギーがあるかなんて、分かるわけないでしょ！」

と、かみつくように言った。

そして、

「すぐ代役を捜してもらうように、プロデューサーに言うわ」

と、さっさと行ってしまった。

メイクの女性が、

「スポンサーの〈N美容学校〉の中谷裕美さんです」

と言った。

「メイク用品は、みんなあそこの物を。主役クラスの方は別ですが」

「なるほど」

クロロックはメイクの女性に、

「今、使った品を全部、少しずつ容器に取っておきなさい。大丈夫。君が困るようなことにはならない」

「はい……。メイクの仕事が失くなると食べていけません」

「心配するな」

「でも、お父さん、せっかく信之君、役がもらえたのに」

と、エリカは言った。

「なに、災《わざわ》い転じて福となすということがある」

吸血鬼が日本のことわざを口にするのも妙なものだったが……。


「やってくれたじゃないか」

と、坂田は上機嫌で言った。

収録中のスタジオから、ケータイで中谷裕美へかけていた。

「これで、あの子は出られないでしょ」

「ああ。代役捜しで大変らしい。これで、斬られた傷のお返しってことだな」

そこへ、

「坂田さん」

と、ADが呼んだ。

「ああ、何だ？」

「プロデューサーがお呼びです」

「分かった、すぐ行く。スタッフルームだな？　――もしもし、また後でかけるよ」

坂田は、足早に局内のスタッフルームへと向かった。

「――やあ、坂田君」

プロデューサーがちょっと手を上げて見せた。ともかく太っているので、立ち上がるのがおっくうなのだろう。

スタッフルームには、プロデューサーの他にディレクターも当然いた。

そしてもう一人、あまり見慣れない男がテーブルに着いていた。

「シナリオライターの池田《いけだ》だ」

と、プロデューサーは言って、

「君も聞いただろう。小田信之君が、化粧であんなことになっては、使えない」

「気の毒でしたね」

と、坂田は白々しい口調で言った。

「それでね」

と、プロデューサーが言った。

「君の役は、あの少年の叔父《おじ》だったな」

「そうです」

「今から、あの子の代役を見付けるのは大変だ。それで相談して、役そのものを、なかったことにしようということになった」

「はあ……」

「あの子が出ないので、叔父の役も必要ないわけだ」

「え?」

坂田は思わず声を上げた。

「そんな……。冗談ですよね」

「今、冗談なんか言ってる暇はない」

と、プロデューサーは顔をしかめて、

「シナリオライターの池田とも相談したが、やはり叔父の役だけ残しても仕方ないということだ」

「でも――それじゃ、俺の仕事が――」

「まあ待て」

と、プロデューサーは手で制して、

「ギャラも出ないのは気の毒だ。それで君には別の役をやってもらう」

「そうですか」

坂田はホッとして、

「びっくりさせないで下さいよ」

と、苦笑した。

「それで俺は何の役を?」

「芝居小屋のシーンがあっただろ。あそこで騒ぐ浪人は今三人になってるが、それを四人にする。いいね」

　坂田はポカンとして、

「それって──エキストラじゃないですか」

　と言った。

「いや、ちゃんとセリフは二つくらい書き足してもらったよ」

「でも──それはないでしょ。俺はドラマで主役をやったこともあるんだ。スターなんですよ。それが……」

「いやなら、無理にやってもらわなくてもいい」

　と、プロデューサーは肩をすくめて、

「ギャラは出ない。いいんだね？」

　坂田は青ざめた。

「そんな……」

　と、さらに言いかけたが、

「――分かりました」

と、小さな声で言った。

「その浪人の役をやらせて下さい」

「分かった。撮影はすぐ済むだろう。明日の予定だ。確かめとけ」

「はい……」

スタッフルームを出ると、坂田は、

「畜生《ちくしょう》！」

と、怒りで声を震わせた。

「あのガキのせいだ！」

筋が通っていないことは承知だが、ともかく誰にでも八つ当たりしたい気持ちだった。

運悪く（？）そこへ中谷裕美が電話して来たのである。

「どうなったの？」

と訊かれて、

「おかげさまでね。危うく失業さ」

「何よ?　どういうこと?」

「あいつの役が失くなって、ついでに俺の役まで失くなっちまったんだ」

坂田の話を聞くと、中谷裕美は笑い出してしまった。

「――何がおかしいんだ!」

坂田の方は、ますますカッカして、

「お前が余計なことしなきゃ、こんなことにならなかったんだぞ!」

と、かみつくように言った。

「あらそう」

裕美の方は冷ややかに、

「私はあんたに同情してあげたのよ。そういうこと言うわけ?　分かったわ。もう二度と連絡して来ないでね」

「待てよ、おい――」

切れてしまった。

坂田も舌打ちして、

「まずかったな……」

と呟《つぶや》いた。

裕美を怒らせると、坂田にとっては大きなマイナスにしかならない。

謝ろうと思ってあわててケータイへかけたが、つながらない。――どうやら本気で怒ってしまったようだ。

「しょうがねえ……」

ともかく、明日の「セリフ二つ」の浪人役を……。屈辱《くつじょく》ではあったが、仕方ない。

「飲むぞ」

こんなとき、酔っ払う以外にやることなんか、ありゃしない。

坂田は、つけのきくなじみのバーへと足を向けた。

✤鏡の中の自分

「何をやってるんだ！」

ディレクターの怒号が飛んだ。

「そんな短いセリフ一つ、憶えられないのか！　何年役者をやってるんだ！」

怒鳴られても、坂田《さかた》は言い返せなかった。自分でも「まずい！」と思っていた。

浪人のセリフ三つ（一つ増えていた）を憶える余裕がなかったのだ。ひどい二日酔いで、
収録に間に合うように現場へやって来るのがやっとだったのである。

それでも、三つぐらいの短いセリフ、何とかなると思っていた。しかし、いざとなると
舌がもつれてしまうのだった。

「よし、昼食にしよう」

と、ディレクターが言った。

「午後は今のカットからだ。ちゃんとセリフを入れとけよ」

「はい」

坂田は神妙に肯《うなず》いたが、内心では、

「何を偉そうにしやがって！　俺の方がキャリアは長いんだぞ」

と思っていた。

――芝居小屋のセット。

時代劇でよく使うので、外観からちゃんとオープンセットとして建てられている。

大体、「食いつめ浪人」の役自体、坂田としてはやる気が起こらない。――俺はスターなんだ！

「あ、坂田さん」

と、声がして、振り向くと長田咲《おさださき》が立っていた。

しかも、小田信之《おだのぶゆき》が一緒だ。顔の腫《は》れは大分ひいていた。

「私、別のドラマの収録で」

と、咲が言った。

「信ちゃんが付き添ってくれてるんです」

「ま、しっかりやれ」

と、坂田は仏頂面《ぶっちょうづら》で言った。

「また浪人役ですか。坂田さん、似合いますね、浪人姿が」

咲の言葉にムッとして、坂田は、

「斬り捨ててやる！」

と、腰の刀に手をかけた。

咲が笑って、信之の肩に手をかけると、

「行きましょ。後で芝居小屋の撮影を見に行こうね」

二人の後ろ姿を見送って、

「ふざけやがって！」

と、思わず口に出して言った。

「何をふざけてるって？」

「え?」

ディレクターが通りかかったところだった。

「セリフを憶えて来ない奴の方が、よほどふざけてるぞ。早く昼飯を食って、セリフを憶えろ」

坂田は頭に血が上って、言い返すこともできなかった……。


「あ、クロロックさん」

と、咲がクロロックとエリカに気付いて、

「昔の芝居小屋って、こんな風だったんですね」

「そうだな。この時代には、シェークスピアのグローブ座しか知らんが……」

クロロックは信之を見て、

「薬は効いたかな?」

「はい。もう熱はありません」

「それはよかった」

「クロロックさん。あのメイク道具は――」

「そのことは後で話そう」

午後の収録が始まった。

坂田も、さすがにセリフを憶えていて、

「よし、本番！」

と、ディレクターが声をかけた。

「刀を抜いて暴れるんだ。いいな」

リハーサルでは、小道具を壊してはいけないので、暴れるふりだけだ。

坂田たち浪人が、刀を差して、酔っ払って小屋へ乱入して来る場面。

「よし。――スタート！」

ディレクターが声を上げる。

「どけどけ！」

浪人たちが、芝居の観客をけちらして、

「こんな芝居、見てられるか！」

と、弁当をけとばしたり、町娘の帯を引っ張ったり――。

「文句のある奴は出て来い！　叩き斬ってやる！」

坂田が刀を抜いて、振り回すと、周りの客たちがサーッと逃げる。

クロロックは、それを見ていたが――。

「おかしいぞ」

と呟《つぶや》いた。

「どうしたの？」

と、エリカが訊く。

そのとき、坂田が職人風の男に向かって、

「邪魔だ！　どけ！」

と怒鳴って、刀を振り上げた。

その一瞬、クロロックがパッと右手を前に突き出した。坂田の手から、刀が弾かれるように飛んだ。

そして――刀は弧を描いて、舞台の床に真っ直ぐ落ちて行き、床板に突き刺さったのである。

「――何だ?」

と、坂田は刀を握っていたはずの右手をまじまじと眺めている。

「おい!」

と、ディレクターが叫んだ。

「その刀を見ろ! どうしてそんな風に突き刺さってるんだ!」

「え?」

坂田が目を見開いた。

ADが駆けて行くと、両手で力をこめて刀を抜き取った。

「これ、真剣ですよ! もし斬りつけてたら大変なことになってた」

「冗談じゃないぜ!」

斬られるはずだった職人風の男が、青くなって腰を抜かした。

「真剣だと?」

坂田が唖然《あぜん》として、

「確かに——撮影用の刀にしては重いと思ったが……」

「坂田さん！」

と、咲が進み出て言った。

「これで分かったでしょ！　信ちゃんに真剣かどうかなんて分かるわけないって」

「人を殺すところだぞ」

と、ディレクターが言った。

「刀が手からスッポ抜けたのか？」

「そのようです……」

坂田もショックで青ざめている。

「ともかく、今のところをカットして、この場面は終わりだ。片付けろ」

ディレクターの指示で、たちまち荒らされた現場は片付けられて行った。

「クロロックさん」

と、セットから表に出ると、咲が言った。

「あなたって、どういう人なんですか？　坂田さんの刀を弾き飛ばしたのは、あなたですよね」

クロロックは微笑《ほほえ》んで、

「世の中には、理屈では割り切れんことがいくつもあるのだ」

と言った。

「君も大人になれば分かるようになる」

「はい」

と、咲は肯《うなず》いて、

「大人になったら、クロロックさんの恋人になりたいな」

「それはいかん！」

と、クロロックはあわてて、

「君のような若い子が、こんな年寄りを好きになってはいけない」

本当にクロロックがどれほど「年寄り」か、咲が知るわけもないが。

すると、そこへ、

「そんなの、だめよ」

と、声をかけて来たのは、中谷裕美《なかたにゆみ》だった。

「クロロックさんにふさわしいのは、私のような、人生を知り尽くした女よ」

何百年も生きているクロロックからすれば、どっちも大した違いはないが、今はともかく、

「私には愛する妻がおるのでな」

と言いながら、エリカの方へ目をやる。

エリカに「ちゃんと聞いておけ！」と言っているのだ。妻の涼子《りょうこ》がクロロックを疑ったときに、証言させられるように。

「ところで、あんたも見ていたのか」

と、クロロックは中谷裕美へ訊いた。

「今の騒ぎですか？　ええ、もちろん」

「エリカ、あの刀をよく見たか？」

「うん。そばに行ってね」

「何か気が付いたことは？」

「刀の柄《つか》から、化粧品《けしようひん》の香りがした。中谷さんと同じね」

「そんな――」

と、裕美は言いかけたが、クロロックの目を見ると、

「分かってらっしゃるようね」

と肯いて、

「そう。私が真剣とすり換えたの」

「え？　じゃ、僕のときも――」

と、信之が言いかけると、

「あれは違うの！　あれは本当に何かの手違いで、真剣が紛《まぎ》れ込んでしまったのよ」

と、裕美は言った。

「でも、坂田のやりようがひどいと思って、腹が立った。だから、今度はわざと坂田に真剣を持たせてやったの。小道具の人を責めないでね。私がこっそりやったこと」

「でも、どうして……」

「あんたは、この少年の父親と知り合いなのではないか?」

クロロックの問いに、裕美は肯いて、

「同い年で、高校のとき、演劇部で一緒だったんです。小田さんは本当に芝居ひと筋に打ち込んでいた。私は大学へ進むとやめてしまったけど。――ずっと応援していたわ」

「ところが、その小田が逮捕されてしまった」

「あんなこと、あるわけないわ。私は、坂田が小田さんの役を横取りするために、覚醒剤《かくせいざい》を小田さんのポケットへ入れたんだと思ったの」

「白状したのかな、坂田は?」

「わざと付き合って、それとなく話を持って行ったけど、なかなかはっきりは言わなかったわ。でも、『小田の奴をはめてやった』と言った」

「なるほど。それで充分だな」

「私、劇団の郡山《こおりやま》さんのこともよく知ってる。小田さんはちゃんと舞台に戻れるわよ」

「それは嬉しいけど……」

と、咲が言った。

「信ちゃんのメイクがあんな――」

「一時的に肌がやられる成分を混ぜておいたのだな。もし、信之君が出演して、真剣でけがをしてはいけない、と思ったのだろう」

「ごめんなさいね。でも、すぐに顔は元に戻るわよ」

「しかし、今度は別のエキストラが斬られるところだったぞ」

「ええ。私も青くなりました。振り回していれば、どこかセットの床にでも当たって、真剣と気付くと思ってたんです。無事で良かったわ」

「坂田のような、努力しない者はいずれ消えていく。放っておくことだ」

「そうですね、本当に」

と、裕美は肯いた。

「お父さん」

と、エリカがクロロックをつついた。

坂田が浪人姿のままで、クロロックたちの方へやってくると、

「――信之君。すまなかった」

と、ペコンと頭を下げた。

「いえ……」

「あんな役しかもらえなくて、つい苛々《いらいら》していたら、刀の重さに気付かなかったんだ。

──誰もけがさせなくて良かった」

坂田は深々とため息をつくと、

「何だか目が覚めたような気分だ。スター気取りだったが、また第一歩からやり直すよ」

ちょっと恥ずかしそうに言って、坂田は逃げるように行ってしまった。

「──本気かしら」

と、咲が言った。

「今度はきっと……」

と、信之は言って、

「またどこかで共演するかもしれないね」

と微笑《ほほえ》んだ。

「偉いぞ」

クロロックが信之の頭をなでて、

「坂田より、君の方がずっと大人だ」

それを聞いて、咲は、

「じゃ、私は？」

と、不服そうにクロロックを見上げたのだった。

白鳥城の吸血鬼

✠ 白い城

「あれこそが〈白鳥の城〉、ノイシュバンシュタイン城です！」

ツアーガイドの声が一段と高くなって、「これこそドイツ旅行のハイライト！」と強調したい思いが溢《あふ》れんばかりに伝わって来た。

「車を停めましょう」

と、日本語の達者なドイツ人のドライバー、ヘルマンが車を道の端に寄せて停めた。

「ちょっと外へ出るか」

と、小型のバスで何時間も揺られて来たフォン・クロロックが腰を伸ばして、席を立った。

「そうだね」

と、神代《かみしろ》エリカも父について、バスから降りることにした。

大月千代子《おおつきちよこ》が立ち上がると、口を開けて眠っている橋口《はしぐち》みどりの肩を叩いて、

「みどり！　起きて！」

みどりがフッと目を開けて、

「え？　夕ご飯？」

「もう！　みどりはどこに行っても食べることばっかりね」

と、千代子が苦笑する。

「それだけ徹底してるのは大したもんだよ」

と、エリカは笑って言った。

バスを降りると、少し冷たいような爽《さわ》やかな風が顔を撫《な》でた。

「ヨーロッパの風だな」

と、クロロックが懐かしげに肯《うなず》いて、

「文明は変わっても、風の香りは変わらん。何百年たっても」

と言った。

フォン・クロロックは、トランシルヴァニアに何百年も生きた、正真正銘《しようしんしようめい》の「吸血族」。エリカは、そのクロロックと日本人女性の間に生まれた娘である。今、大学生。

一緒にドイツを旅している大月千代子と橋口みどりは、エリカの高校時代からの親友である。

〈クロロック商会〉の雇われ社長であるクロロックは、フランクフルトでの大きな商談会に参加するためにドイツへやって来た。

エリカはそのお供。――ついでに、

「ロマンチック街道を観て行こう」

というわけで、仲良し三人組がやって来たのだった。

「ここから見るノイシュバンシュタインが一番美しい」

と、ドライバーのヘルマンが言った。

「ええ……。夢のよう」

エリカも珍しくロマンチックな気分になっていた。

遠い緑に覆《おお》われた山の中腹に、浮かび上がるように、真白なその城は建っていた。

ポスターやパンフレットで見慣れた姿。

しかし、現実にこうして目にすると、改めてその美しさに心を奪われる。

エリカは、千代子やみどりがせっせとスマホで「白鳥の城」を撮りまくっているのを見て、ふとヘルマンの微妙な言い方に気付いた。

「ここから見るのが一番美しいってことは、実物はそうでもないってことですか？」

と、ヘルマンに訊いた。

「いや、そうは言いません」

と、ヘルマンはちょっと笑って、

「ただ、ノイシュバンシュタインは何といってもドイツ観光の目玉ですからね」

ドイツ人のヘルマンが、「目玉」なんて言うのがおかしくて、エリカも微笑《ほほえ》むと、

「つまり、観光客が──」

「ええ。いつも大変な人数ですよ。ただ、この時刻には、ピークを過ぎていると思いますが」

と、腕時計を見て、

「行きましょう。向こうで時間を取られますから」

クロロックもバスを降りて、城を眺めていたが、あまり感動している様子ではなかった。

「好みじゃない？」

と、エリカが訊くと、

「いや、よくあれだけの物を作ったと感心はする」

と、クロロックは言った。

「ただ、何といってもまだ歴史の浅い城だからな」

エリカもそれは知っていた。

クロロックは、数百年の歴史を持った城をいくつも知っているが、ノイシュバンシュタイン城は十九世紀の末に建てられた、比較的新しい城で、まだ百数十年しかたっていない。

「――城といっても、戦闘に備えたものではない。大きな宮殿と言った方がいいかな」

バスが再び走り出すと、クロロックが言った。

山のふもとに着くと、ズラリと観光バスが並んでいる。

「上まで登るの？」

と、みどりがびっくりして言った。

城は山の中腹だ。歩いて上ったら大変だろう。

「いや、車は行けませんが、あれで行きます」

と、ヘルマンが指さしたのは、乗合馬車。

「良かった」

と、千代子もホッとした様子。

みどりは、ちょっと不安そうで、

「体重制限とか、ありません？」

と、真顔で訊いた。

バスはふもとで待っているわけだが、

「僕も一緒に行きましょう」

と、ヘルマンはバスをロックして、馬車を手早く呼んで来た。

「城まで十五分ほどですよ」

荷台に木のベンチが並んでいるだけの馬車である。

「ヘルマン、お願いしていい？」

と、エリカたち一行についているガイドの木俣《きまた》のぞみが声をかけた。

「大丈夫。任せて」

と、ヘルマンが肯く。

ガイドの木俣のぞみは、この城など、数え切れないほど見ているだろう。ガイドとしては、この先の予定を確認しておく仕事がある。

小柄だが、元気の塊《かたまり》のようなガイド。四十才になるかどうかだろう。

「では――」

馬車が動き始めると、

「待って！」

と、呼びかけて来た日本人女性がいる。

「すみません！　この子たちも乗せてやってくれません？」
十三、四の中学生らしい女の子三人が、リュックをしょってやって来る。
「いいですよ」

と、ヘルマンが言った。

馬車にはまだ余裕があった。同じブレザーの制服を着た日本人の女の子たち。三人が乗り込むと、

「ちゃんと指示に従ってね」

「先生、行かないの？」

「私、膝を痛めてるの。中は階段が多いから」

先生か。――エリカはいかにも学校の先生らしいその女性を見ていた。

「ちゃんとチケット持ってるわね？」

「はい、先生」

ヘルマンが、

「僕が教えますよ、大丈夫」

と、その先生に言った。

「すみません、よろしくお願いします」

馬車が動き出すと、先生は手を振って見送っていた。

「中学生?」

と、千代子が訊いた。

「はい。〈S女子〉の中学二年生です」

三人の中では「しっかり者」という印象の女の子が言った。

「〈S女子〉か。名門だね」

と、みどりが言った。

「修学旅行なんです」

「へえ! 修学旅行でドイツ? 凄《すご》いね、最近は」

みどりがびっくりしている。

「その内、宇宙旅行ね、きっと」

と、千代子が言った。

馬車を降りると、あの白亜の城が目の前にそびえ立っていた。さすがに大きい!

観光客の入口は、〈個人〉と〈団体〉に分かれていてヘルマンが人の間をすり抜けて、さっさと両手にガイド用の再生機をいくつも抱えて来た。

「このイヤホンを耳に入れて、この数字を押すと、解説が聞こえてくる。日本語用だから」

「すみません、やっていただいて」

中学生の子――しっかり者の子は、仲村舞《なかむらまい》という名だと聞いた――が、礼を言った。

「ともかく中へ入ろう」

と、ヘルマンが促した。

入口の辺りは大変な混雑だった。

しかし、係の人と顔見知りらしいヘルマンがうまく誘導して、一行を城内へと入れてくれた。

「――後はもう各自、好きに見てくれれば」

と、ヘルマンが言った。

「各ポイントに番号が付いてるから、そのガイドの番号のボタンを押すと、説明が聞ける」

「私たち一緒に行きます」

と、仲村舞が言って、中学生三人は、

「凄いね！」

「家具が立派！」

と、話しながらたちまち見えなくなってしまった。

✠ 城の伝説

ちょっとまともじゃない。

エリカは、城の中を見て歩きながら、正直そう感じていた。

「飾り過ぎだの」

と、クロロックが言った。

「お父さんもそう思う？　何だか、装飾も彫刻も、ゴテゴテしてるよね」

「一種の強迫観念に捉えられていたのだろう。どこまでやっても、まだ充分でないと感じてしまうのだ」

――エリカも、何となく話は聞いていた。

このノイシュバンシュタイン城を建てたのはルートヴィヒ二世という王様で、ともかく城造りに熱中して、現実の政治には全く関心がなかった。いくつも造った城の最後が、このノイシュバンシュタイン城である。

しかし、ルートヴィヒ二世は、ノイシュバンシュタイン城の完成を見ることができなかった。

城造りに莫大《ばくだい》な費用をかけ過ぎて、国家の財政が破綻《はたん》寸前になってしまったのだ。ルートヴィヒ二世は王位から追われ、その後間もなく、この城の近くの湖で、水死体となって発見された。

事故か、自殺か。あるいは暗殺されたのか……。その真相は、今でも謎のままである。

「だから、今見ているこの城は、本当は未完成なんですよ」

と、ヘルマンが言った。

エリカは、クロロックからこの城とルートヴィヒ二世の話を聞いていたが、千代子《ちよこ》とみどりは興味深げに聞き入っていた。

「確かに、一部の壁画や天井画など、制作途中のものがあるな」

と、クロロックは言って、首を振ると、

「それにしても皮肉なものだな。国の財政を破綻させると言われたこの城が、今はドイツ観光のシンボルになっているのだから」

「全くです」

と、ヘルマンは肯《うなず》いて、

「もちろん、ルートヴィヒ二世が、かなり変わった人だったのは事実でしょうがね」

見学できる国王の寝室のベッドを見ても、それを飾る木彫りの装飾は気が遠くなるような細かさで、

「これじゃ、落ちついて寝られないね」

と、千代子が言った。

「悪い夢でも見そうだね」

と、エリカも思わず言った。

「こんな広いお城に何人ぐらいで住んでたんだろう？」

みどりが珍しく（？）食べることとは関係ないことに感心したが、

「食事作るの、大変だったろうね……」

と、付け加えた。

「あの先生の言ったこと、もっともだね」

と、千代子が息を弾ませて、

「本当に階段が多いよ、城の中って」

ともかく、中が広く、何階にもなっているので、歩き回る内、いい加減くたびれてしまう。

「――そろそろ出ましょう」

と、ヘルマンが言った。

「下るにも馬車を使いますからね」

エリカは、クロロックがどことなく心ここにあらず、といった様子なのを見て、

「お父さん、どうかしたの?」

と訊いた。

「いや……。私は前にもこの城に来たことがあるのだが……」

と、クロロックは周囲を見回して、

「どうも、どこかが以前と違っている気がしてならんのだ」

「どういうところが？」

「それがよく分からん。気のせいならいいのだが……。どうも、いい方へではなく、変わっている気がするのだ」

「でも、毎日観光客が押しかけてるんだから」

「確かにな。——では山を下りるとしようか」

上りに乗ったのと同じ型の馬車が客を待っていた。

「あの子たち、見なかったね」

と、千代子が言った。

「元気だからね。先に下りちゃったんじゃない？」

と、エリカは言って、馬車に乗り込んだ。

——パカパカと蹄《ひづめ》の音ものんびりと坂道を下って、じきバスが停まっている場所に着いた。

「どうも。あの……」

と、やって来たのは、あの中学生たちを連れて来ていた先生だった。

「あの生徒たちはどうしましたでしょうか?」

ヘルマンは面食らって、

「いや、僕らよりどんどん先に行ってたんで、もうとっくに下りて来たかと思っていました」

「まあ……。私、大分前からずっとここで待っていたんですけど」

と、戸惑い顔で、

「分かりました。ケータイを持っていますから、連絡してみますわ。お騒がせして」

と、恐縮している様子。

「〈S女子〉の教師、矢崎素子《やざきもとこ》と申します。すみません、ご迷惑を。ただ、あの子たち……」

「いえ、大丈夫ですよ。迷いようがありませんからね」

と、ヘルマンは言った。

ガイドの木俣《きまた》のぞみがやって来て、

「バスはいつでも出られます」

と言った。

「今夜はどこに泊まるんだっけ？」

と、みどりが言った。

「ローテンブルグだよ」

千代子が、木俣のぞみの作った旅程表を見て、

「ホテル・アイゼンフット。『鉄カブト』って意味だよね」

「よく知ってるね」

と、ヘルマンが感心する。

「一応、大学でドイツ語やってるから」

千代子が、ちょっと照れている。

「さ、バスをここへ持って来る。ちょっと待って」

ノイシュバンシュタイン城のあるのはフュッセンという所で、〈ロマンチック街道〉の

南の端に当たる。

エリカたち一行は、街道を北上して、ローテンブルグという「中世の面影《おもかげ》を残す街」に泊まる。人気の〈ロマンチック街道〉の中心とも言うべき人気の街である。

城の中を歩き回ってくたびれた一行は、バスが走り出すと、早々にみんな眠ってしまった。

だが、むろん人間とは比較にならない体力のクロロックは一人、眠らずに、バスが走り出してもしばらくは、振り返ってあの〈白鳥の城〉を眺めていた……。


ステーキ、といってもドイツでは日本のレストランの三倍ぐらいはある。

普通なら、持て余すことが多いが、充分に運動してお腹を空《す》かせていたみどりには、正に適量だった。

「——おいしかった！」

と、空《から》の皿を前に息をついて、

「おかわりできる？　——冗談よ」

と笑った。

食後にデザートを何にしようかと選んでいると、

「あら、あの先生じゃない？」

エリカが、レストランへ入って来て、心細げに店の中を見回している教師——矢崎素子

といったか——を目にとめて、手を振った。

ホッとした様子でやって来ると、

「お会いできて良かった！　皆さんのお話を耳にしていたものですから……」

「おかけなさい」

と、クロロックが椅子《いす》をすすめて、

「何かあったのですかな？」

「お願いです！　助けて下さい！」

と、矢崎素子は涙をこぼしながら、クロロックに向かって訴えた。

「子供たちが——あの三人が戻らなかったんです！」

クロロックは驚いた様子も見せず、

「落ちついて話して下さい」

と言った。


城からの下りの馬車も、もう終わりになってしまった。

矢崎素子は焦っていた。――いったいどうしたというのだろう?

山を下りたこの場所にいれば、見落とすはずがない。

それに当然、生徒たちだって、先生を捜しているはずだ。

ケータイにもかけたが、つながらない。

素子は、出発しようとしている大型バスの日本人ガイドを呼び止めて事情を話した。しかし、

「他のツアーのお客のことまでは分かりません」

と、けんもほろろに言われてしまった。

仕方ない。――こうなったら!

教師として、膝が痛いなどと言っていられない!

決心して、馬車が上り下りする坂道を上り始めた。しかし、幸いその様子を見ていた馬車屋の男性が、同情して乗せて行ってくれることになったのである。

正直、素子は涙が出るほど嬉しかった。

しかし――城に着いて、素子は愕然《がくぜん》とした。

もう城の入口には鍵《かぎ》がかけられて、窓口にも人がいなかったのである。

「お願いします！　どなたかいらっしゃいませんか！」

精一杯の声を出すと、スーベニアショップを片付けていたらしい女性が、何ごとかという顔で出て来た。

素子は、何とか英語で事態を訴えた。

その女性も困った様子で、窓口の奥へと入って行ったが……。

「広いお城ですし、誰かが隠れようとしたら、いくらでも隠れる所はある、と言われました。でも、あの子たちは――特に仲村舞《なかむらまい》はそんないたずらをする子ではありません」

と、素子は必死の表情で言った。

「向こうの人も、一応城内の監視カメラを見てくれましたが、限られた場所にしかなくて、どこにも……」

「それでここまでやって来たのですな？」

と、クロロックは言った。

「さぞお疲れだろう。ともかく今は——」

そこまでクロロックが言ったとき、矢崎素子は床に崩れるように倒れてしまった。

✠ 神隠し

「何があったと思う？」

と、エリカが訊くと、クロロックは、

「分からん」

と、首を振って、

「ただ──あの城に普通でない空気が漂っていたのは確かだと思う」

「でも、ノイシュバンシュタイン城は、毎日大勢観光客が押し寄せてるんだよ」

「旅行の予定にはないが、明日、もう一度あの城に行ってみなくてはな。──お前はどうする？　友人たちはこのローテンブルグ見物をしていればいいだろうが」

「私も行くわよ。放っとくわけに行かないでしょ」

と、エリカは言った。

そして――翌朝、朝食の席に、矢崎素子《やざきもとこ》は沈み込んだ様子で現れると、

「ご迷惑をおかけしました」

と、クロロックに詫《わ》びた。

「あんたが謝ることはない。ともかく座って。――少しは眠れたかな?」

「はい。それが……ついさっきまで、ぐっすり眠ってしまって……。あの子たちがどうなっているかもしれないというのに……」

「自分を責めてはいかん。私と娘も力になりますぞ。朝食がすんだら、ノイシュバンシュタイン城へもう一度行こう」

「ありがとうございます!」

と、矢崎素子は涙ぐんで、

「私、このままでは帰国できません。三人が見付かるまでは、何年、何十年でも――」

「まあまあ、そう思い詰めるな」

と、クロロックはなだめて、

「朝食だ。卵はどうする？　スクランブルかオムレツか」

「それじゃオムレツで……」

素子も、焼き上がったばかりのクロワッサンとオムレツをアッという間に平らげて、すっかり元気が出て来た。

みどりと千代子《ちよこ》を、ガイドの木俣《きまた》のぞみに任せて、エリカたちはヘルマンと共に、ノイシュバンシュタイン城へと向かった。

そして、もうすぐ城へ上る馬車の待つ広場に入るというとき、

「待て！」

と、クロロックが鋭い声を出した。

「バスを停めろ！」

「お父さん――」

「今、山の方の林の中に小さな人影が動いていた」

クロロックがバスを降りて駆け出し、エリカもあわてて後を追った。

矢崎素子もバスを降りると、転びそうになりながら、クロロックたちを追って、懸命に

走った。

そして、ハアハアと喘《あえ》ぎながら足を止めると、

「まあ！　あなたたち！」

と、叫ぶように言った。

クロロックが両手に一人ずつ、生徒を連れて来たのだ。

「遠かったが、どうも動き方が日本的だった」

と言うクロロックに、

「何、それ？」

と、エリカが言った。

「井上充子《いのうえみつこ》ちゃん！　池田《いけだ》ゆかりちゃん！」

と、素子は二人の女の子を両腕に抱きしめながら、

「良かった！　先生、どうしようかと思って……」

「もう一人の子が見えないね」

と、エリカが言った。

「そうだわ。──仲村《なかむら》さんは？　仲村舞《まい》ちゃん、一緒じゃないの？」

と、素子が訊く。

しかし、二人の女の子はどこかぼんやりしていて、半ば眠っているかのようだった。

「待ちなさい」

と、クロロックはその二人のそばに身をかがめて、

「憶えているかな？　ゆうべひと晩、君らはどこにいたのだ？」

と訊いた。

二人はどこか不安げに顔を見合わせていたが、

「──よく分からないの」

と、井上充子という子が言って、城の方を見上げると、

「気が付いたら、山を下る道を歩いてた……」

「でも──お城の中では一緒だったんでしょう？」

素子はまた泣き出しそうだ。クロロックがその肩を叩いて、

「落ちつきなさい」

と言った。

「この子たちは、何かの力で眠らされていたのだろう。時がたてば目も覚めて、はっきりと思い出す。今は、あの城へ戻ってみることだ」

クロロックの言葉に、素子は小さく肯《うなず》いた。

事情を話して、城の一室に入れてもらい、温かいミルクなどをもらうと、二人の少女は目つきもしっかりして来た。

「――途中までは、舞ちゃんも一緒だった」

と、ゆかりが言った。

「うん、そうだったね」

と、充子が肯いて、

「ただ――どこかで声がしなくなったんだよね」

「そう、私たち、結構バラバラに歩いてて、ときどき大声で呼び合ってた。ずっと舞ちゃんの返事もあったけど……」

「どこかで聞こえなくなったんだ」

「どの辺のことだったか、分かるかな？」

と、クロロックが訊くと、二人はちょっと考えていたが、

「たぶん、その辺に行ったら……」

「そうか。では、我々も一緒にこの城を一巡りしよう」

二人の少女と素子、そしてエリカとクロロックが、ノイシュバンシュタイン城を見て回ることになった。

ヘルマンは、ローテンブルグから何か連絡があったときのために、入口に残ることにした。

昨日通った見学ルートを、エリカたちは辿《たど》って行ったが……。

「一つ訊きたいが」

と、歩きながらクロロックが素子に言った。

「何でしょう？」

「修学旅行という話だったが、どうしてこの三人だけで旅をしているのかな？」

「それは――。学年全体では、ドイツだけでなく、パリにも回ることになっているのです。でも、舞ちゃんと、この二人はパリに何度も行っていて、ぜひドイツのロマンチック街道を見たいという希望で」

「当人たちの希望だったのか」

「はい。特に舞ちゃんはドイツに親戚《しんせき》の方がいるとのことで……。この辺でなく、フランクフルトにお住まいのようですが、ここを見た後、そこへ寄る予定にしていました」

「なるほど」

クロロックは何か考え込んでいた。

そのとき、先を歩いていた二人の少女が、

「この辺で聞こえなくなったんじゃない?」

「うん、そうだったね」

と言い合っていた。

クロロックは、石造りの回廊《かいろう》を見渡して、

「何かありそうだな」

「何か感じる?」

と、エリカが訊いた。

「ともかく、この回廊を一回りしてみよう」

それは城の中庭を囲む回廊で、庭には花が咲いていた。

回廊を半ばまで来たとき、クロロックは足を止めた。

「お父さん、何か――」

「感じないか。冷たい風を」

エリカも感覚を鋭くさせると、確かに頰《ほお》をなでる冷たい風が感じられた。

「どこかに隙間《すきま》が……」

一見、ずっと壁が続いているだけだが、クロロックは壁の浮き彫りになっている女性の像に手を当てて、

「この壁が冷たい」

と言うと、力をこめて、壁を押した。

わずかに壁が引っ込んだと思うと、一気に奥に向かって扉のように開いた。

「隠し扉?」

「こういう城には珍しくないだろう。――見ろ、下りの階段がある」

「どこへ出るんでしょう?」

と、素子が目をみはっている。

「下りてみなければ分からんな。エリカ、ライトを持っているか」

「ペンシルライトだよ」

「それでいい。足下を照らして行こう」

クロロックは階段の下の方の暗がりを見下ろして、

「風が下から吹いて来る。おそらく外へ出るようになっているのだろう」

と言うと、先に立って階段を下り始めた。

エリカは、クロロックが「急がねばならない」と思っているのを感じていた。

仲村舞という子の身に何が起こったのか、ともかく、今は先を急ぐのだ。

✠ 生まれ変わり

列車は少し遅れていた。

迎えに来ていたヨハンは、ホームで緊張しながら立っていた。

今年五十才になるヨハンは、根っからの農夫で、がっしりした体つきに、太い腕、よく日焼けした首の太い顔をしていた。

「やぁ、ヨハン」

と、顔なじみの駅長が声をかけて、

「誰か待ってるのか？」

「女房が帰って来るんだ」

と、ヨハンは言った。

「リーザさんが？　そりゃ良かった。もうすっかりいいのかね」

「だから退院できたのさ」

と、ヨハンは言って、

「ああ、列車が見えたな」

「十分遅れか。ましな方だ」

と、駅長は言った。

列車がゆっくりとホームに入って来る。ヨハンは左右へ忙しく目をやった。

列車は停まったが、誰も降りて来ない。

「そんなはずは……」

ヨハンは不安げに呟《つぶや》いた。

「確かにこの列車だと……」

そのとき、列車のずっと後方の車両から、女性が一人、ホームへ降り立った。

「リーザ！」

ヨハンが急いで駆けて行く。すると、その女性が、やっと気付いた様子で、

「ああ、ヨハン！」

と、ホッとしたように言った。

「リーザ……」

ヨハンの笑顔がこわばった。

駅長も気付いてやって来ると、

「お帰りリーザさん。元気で何より――」

と言いかけて、言葉が途切れた。

ヨハンが五十才。リーザは四十一才のはずだった。しかし――ホームに降り立ったのは、髪がすっかり白くなった、どう見ても六十才くらいの女性だったのである。

「よく帰って来た」

ヨハンは気を取り直して、妻を抱くと、

「お前、荷物は？」

「え？　ああ……。私、置いて来ちゃったわ、棚《たな》に」

「分かった。取って来てやる」

「三番目の席よ。間違えないで」

ヨハンは、くたびれ切って、方々すり切れている布のバッグを手に戻って来た。

「お前のお気に入りのバッグだな。よく使えるもんだ」

「一番使いやすいのよ」

「さあ、行こう。車がある。といっても、こっちも相変わらずの古トラックだがな」

ヨハンはリーザの肩を抱いて、駅の改札口へと向かった。

「ねえ、リディアは元気？」

と、リーザが訊いた。

「ああ、もちろんだ。ますますきれいになったよ」

「楽しみだわ！」

リーザの声が弾んだ。

中古と言うのもためらわれるほどの古いトラックが駅前に停めてあった。

二人が乗り込む。――駅長は、改札口の所で、ガタピシ言いながら走って行くトラックを見送っていたが……。

ちょっと首をかしげて、

「妙だな……」

と呟いた。


トラックは広い草原の中を走っていた。

「——懐かしいわ！」

と、リーザが言った。

「少しも変わってないわね。風の匂《にお》いも同じだわ」

「お前だって変わっちゃいないよ」

と、ヨハンが言った。

「さあ、もうじきだ」

家が見えて来た。

「あんなに大きな家だったかしら……」

と、リーザが呟いた。

屋根裏部屋のある、二階建ての家。ヨハンの祖父の代からの家である。

トラックを停めると、ヨハンはリーザに手を貸して降ろした。

「ね、リディアは？　リディアはどこ？」

リーザが訴えるように言った。

「待ちなさい。リーザ、言っておくことがある。あの子は——」

ヨハンが言い終わらない内に、リーザは夫の手を振り払って、家の中へと駆け込んで行った。

「リーザ！」

ヨハンが急いで後を追う。

家へ入ったところで、リーザは立ちすくんでいた。そして、口を開くと、

「この子は誰？　見たことがないわ」

と言って、そこに立っている少女を眺めた。

「リーザ、思い出すんだ」

と、ヨハンが言った。

「リディアは死んだ。私たちの目の前で、車にひかれて」

「──死んだ？　何を言ってるの、ヨハン？」

と、リーザは責めるように、

「あの子は生きてるわ！」

「リーザ、お聞き」

ヨハンはリーザの肩をしっかりと抱いて、

「リディアは天に召された。お前は忘れてしまったかもしれないが」

「でも……」

「しかし──リディアは今、目の前にいる」

「この子が？　少しも似ていないじゃないの！　髪も黒くて、目だってあの青い目じゃないわ」

「生まれ変わりなんだよ、リーザ」

「──生まれ変わり？」

「そうだ。私とお前の信仰が熱心なので、神様が、他の子にリディアの魂を宿して下さったのだ」

「神様が……」

「そうだよ。さあ、リディアを抱きしめておやり」

「ええ……。確かに、この子はリディアの服を着てる……」

「ぴったりだろ？　それによく似合ってる」

「本当ね……。よく見ると、リディアと似て可愛《かわい》い子だわ……」

「もちろんだ！　リディア、お前のママだ。しっかり抱いてごらん」

少女は、少しぼんやりした様子で、

「ママ……」

と言った。

「まだ、新しい体に慣れていないんだ。なに、じきに以前のように活発なリディアになるさ」

リーザは少女に歩み寄ると、力一杯抱きしめた……。

「これは……」

ノイシュバンシュタイン城の隠し扉から階段を下りて来て、分厚い木の扉を押し開けると、クロロックは辺りを見回して、

「城の建っている山のふもとだな」

左右に木立が広がっている。

「どこへ行ったんでしょう、舞《まい》ちゃんは」

息を弾ませながら、矢崎素子《やざきもとこ》は心細げな声を出した。

「ここからどこかへ連れ去られたのだろう。しかし――日本人の娘をなぜ連れて行ったのかな」

と、クロロックは首をかしげたが、ふと、

「もしかして、あの仲村《なかむら》舞という子はドイツ語が分かるか？」

と訊いた。

「はい。もちろん、ペラペラというわけではありませんが、七、八才までドイツで暮らしていたので、日常会話なら……」

「やはりそうか。馬車に乗っているとき、ヘルマンと馭者《ぎょしゃ》がドイツ語で話しているのを、何となく分かっている様子だったのでな」

「それじゃ、三人の内、舞ちゃんが連れて行かれたのは、そのせい？」

と、エリカが言った。

「だとしても、理由が分からん。ここから人家のある辺りは……」

クロロックは耳を澄まして、

「──向こうから、列車の音がする。それも停車しようとしている。つまり、当然駅があるということだ」

「私にはさっぱり……」

「ともかく行きましょう」

呆気《あっけ》に取られている素子をエリカが促した。

「リディアの部屋も、ちっとも変わっていないわね」

と、リーザが部屋を覗《のぞ》いて言った。

「さあ、リーザ、お前は長旅で疲れてる。ゆっくり休むといい」

ヨハンは、妻を寝室へ連れて行って、バッグをベッドの上に置いた。

「中の物を整理するのだな。必要な物は買えばいい」

ヨハンはそう言って、

「夕食には鹿の肉がいいだろう。お前にはまだ――」

「とんでもない！　私がこしらえますよ。私はここの主婦ですからね」

リーザは一段と活《い》き活《い》きとして来た。

ヨハンは廊下《ろうか》へ出ると、リディアの部屋のドアを開けた。そして言った。

「びっくりしたろう。しかし、妻はお前を娘の生まれ変わりと思っている。お前もそう振る舞ってくれ。いいな」

「だけど、私は――」

「知っている。しかし、言う通りにしないと、二人の友達は無事に帰してやれないぞ。分かったな」

ヨハンの言葉に、少女――仲村舞は黙って小さく肯《うなず》いた。

「よし。晩飯になったら呼びに来る」

ヨハンはそう言うと、リディアの部屋を出た。そして、大きく息を吐き出すと、

「俺は……何てことを……」

と呟いて、額の汗を拭いた。

あの城のふもとの林で、気を失って倒れている三人の少女たちを見付けたときはびっくりした。

ちょうどトラックがあったので、三人を乗せてこの家へ運んで来たのだ。

三人はどうしてか、深い眠りに落ちているようだった。ヨハンは医者を呼ぼうかと思った。

そこへ、リーザから、

「退院して帰る途中」

という連絡が来た。

ヨハンは驚いた。娘リディアを目の前で死なせてから、リーザは現実と空想の区別がつかなくなっていた。

遠い療養所へ入れたものの、医者からは、

「長くかかると覚悟しておいてくれ」

と言われていた。

それが突然――。ヨハンは家の電話に、その医者からの留守電が入っていることに気付いた。

「奥さんが療養所を抜け出した」

という知らせだった……。

✠ 駅

「ここ、覚えてる」

と、井上充子《いのうえみつこ》が言うと、

「うん、私も」

と、池田《いけだ》ゆかりも肯いた。

「列車に乗ったのか?」

と、クロロックが訊いた。

「そうじゃないと思う。――何となく、この駅の建物を見たような……」

「そうだよね」

二人が肯き合っていると、

「——どうかしましたか?」

列車がホームを出て行き、制服姿の男性がクロロックたちの方へやって来た。

「こちらの駅の方かな?」

クロロックがドイツ語で訊く。

「私が駅長です。もっとも駅員はおらんが」

「ここにいる日本人の女の子を目にしなかったかね?」

「いや……。見ていれば憶えとるが」

「もう一人、日本人の女の子がいるのだが、その子の行方《ゆくえ》を捜している」

「行方不明? それは心配だね」

「昨日か今日、この駅から列車に乗った客は何人ぐらいいた?」

「乗った客? それなら分かるよ。ゼロだ」

「誰も乗り降りしなかった?」

「降りた客は一人だけいる。この地元の奥さんでね」

と、駅長は言った。

「顔見知りの人か」

「ああ、昔からね」

「そうか……」

クロロックはがっかりした様子で、

「お邪魔した」

と、駅を後にしかけたが――。

「ちょっと妙だったが……」

と、駅長が呟いたのを、エリカが耳にした。

「お父さん！」

ドイツ語も大分慣れていたエリカは、クロロックを呼び止めた。

「どうした？」

「今、駅長さんが『妙だった』って言ったみたい」

クロロックが戻って訊くと、

「いや……。あの奥さんは、娘さんを車の事故で亡くしてね。心を病んでしまったのだ」

と、駅長が言った。

「だが、迎えに来た旦那《だんな》のヨハンに、『リディアは元気？』と訊いているのが耳に入ってね。おかしなことだ。リディアというのは、亡くなった娘さんの名前だったから」

「その娘さんというのは、いくつぐらいの子だったね？」

「たぶん──十二、三かな。その子たちぐらいだろう」

クロロックの表情が緊張した。

「そのヨハンの家はどの辺かな？」


どうせ長くは続かないのだ。

ヨハンは、鹿肉をフライパンに置いた。脂《あぶら》のこげる音がして、匂《にお》いが広がる。

──リーザは、また療養所へ戻ることになるだろう。

あの女の子を、いつまでもここへ閉じこめておくわけにもいかない。他の二人の子のことを納屋《なや》へ押し込めてある、と言ったが、実は二人は逃げてしまっていた。

強い薬草の酒を飲ませたから、ここのことは、そうはっきり憶えていないだろうが、いずれ警察がやって来る。

それまでの、ほんのわずかの間でも、リーザが幸せでいてくれれば……。

ヨハンは肉が焼け過ぎないように裏返した。

そのとき、二階から、

「ヨハン！」

と、リーザが呼ぶのが聞こえて来た。

「リーザ、どうした？」

と、大きな声で訊き返すと、二階から階段を下りて来ようとするリーザが目に入った。

「リーザ、気を付けて――」

「お肉は私が焼くと言ったでしょ！」

そう言って、リーザはひどく急いで階段を下りようとした。

入院していた身には、足下が危なかった。

リーザは頭から前へつんのめるように転落した。

「リーザ！」

ヨハンが叫んだ。駆けつけたとき、リーザは階段を下り切った固い床にぐったりと倒れていた。

「どうしたの？」

階段の上から、舞《まい》がびっくりして声をかけた。が、ヨハンの耳には入らなかった。

「しっかりしろ！」

ヨハンはリーザの体を抱き起こした。しかし——リーザの口から血が流れ落ちていた。

「ヨハン……」

弱々しい声で、リーザは言って、かすかに目を開けた。

「すぐ医者を呼ぶ！　苦しいか？」

「いいえ……。何も……感じないわ」

舞が階段を下りて来る。ヨハンは、腕の中で、妻の命の火が消えつつあるのを感じていた。

「何てことだ！　これは神様の罰なのか？」

と、ヨハンは呻《うめ》くように言った。

そのとき、入口の戸が開いて、クロロックたちが入って来た。

「舞ちゃん！」

素子《もとこ》が舞の姿を見て叫んだ。そして駆け寄ると、

「良かった！」

と、涙声で抱きしめた。

「先生……」

「舞、大丈夫？」

二人の友達を見て、舞はホッとしたように、

「無事だったの？　良かった！」

「俺が……俺のせいなんだ」

と、ヨハンが言った。

「どうしたことだ？」

クロロックたちを案内して来た駅長が愕然《がくぜん》としている。

「亡くなった娘さんの生まれ変わりだって……」

と、舞が言った。

「このお母さんは私をリディアっていう子だと信じてたんです」

「どうしたのだ?」

クロロックが、ヨハンの腕の中でぐったりしているリーザへと歩み寄ると、胸に手を当てた。

「階段から落ちたの」

と、舞が言った。

「これは……いかんな」

と、クロロックが首を振って、

「肋骨《ろっこつ》が折れて、肺と心臓に刺さっているようだ。もう手遅れだろう」

すると、リーザが目を開いて、ひと声、

「リディア」

と呼んだ。

「リディアはどこ?」

一瞬ためらったが、舞はリーザのそばへ行って膝をつくと、その手を取って、

「ここにいるよ、ママ」

と、ドイツ語で言った。

「良かった……。またどこかへ行ってしまったかと……」

「大丈夫、そばにいるよ」

「もう……どこにも行かないで……」

リーザの声は、すぐにまた消え入りそうになった。そして――急にハッとした様子で、

「ヨハン！」

「何だ？　どうした？」

「お肉が……焦げてるわ……」

はっきりした声でそう言うと、リーザの体から力が抜けた。

ヨハンが唸《うな》り声を上げながら、泣いた。

「一人で、あの城の隠し扉を探して、開けてしまったの」

と、舞がホテル・アイゼンフットのロビーで言った。

「一旦、出ると、あの扉は中からしか開かなくて。大声で呼んでたら、他の二人が……」

「声が聞こえて、あちこちいじっている間に、扉は開いたけど、やはり二人とも戻れなくなったんです」

と、充子が言った。

「で、仕方なく階段を下りて行きました」

と、舞が続けて、

「外へ出ると、林の中を歩き回って……。でも、くたびれて休んでいる内に眠ってしまったの。それもぐっすり」

「それで、三人ともヨハンのトラックで、彼の家へ連れて行かれたのだな」

と、クロロックが言った。

「あの城には、ルートヴィヒ二世の、『完成させられなかったという思い』が残っているようだ」

「それが三人に何か作用した?」

「おそらくな。あの隠し扉は、もう開かないようにした方がいいだろう」

「気が付いたら、他の二人がいなくて、私にあのヨハンって人が『娘の身替わりになってくれ』と言ったの。わけが分からなかったけど、他の二人を閉じこめてあると言われて……」

「でも、あの母親も気の毒だったわね」

と、エリカは言った。

「とっさのことで、君を娘の身替わりにするのを思い付いた。――まあ、誘拐《ゆうかい》といっても、金が目当てではないから、そう重い罪にはなるまいが」

「でも無事に戻ってくれて本当に良かった」

素子は生き返ったように活《い》き活《い》きして見えた。

今、クロロックたちと、生徒たちはローテンブルグのカフェに入っていた。

「明日は他の子たちと合流するために、パリへ発《た》ちます」

と、素子が言って、

「本当にお世話になりました」

と、クロロックへ頭を下げた。

「いやいや」

クロロックは微笑《ほほえ》んで、

「ヨーロッパの歴史には血なまぐさい出来事がいくらもある。ああいう城一つ取っても、人間が建てた者の執念や恨みが残っているのだ。しかし、一方で、そういう出来事こそが、人間くさいとも言える。その複雑な思いが、美しい絵画や彫刻、文学を生み出した。——君らも、これにこりずに、またヨーロッパへ足を運んでくれ」

と、三人の生徒たちに言った。

「私、将来はドイツで働きたいです」

と、舞は言った。

「そうか。それはトランシルヴァニア出身の私にとっても嬉しいことだぞ。もちろん、ドイツの歴史や文化を、学生の間にしっかり学んでくれ」

「はい！」

舞が、力強く肯《うなず》いた。

「さて、ローテンブルグの街を少し歩こうか」

クロロックがコーヒーを飲み干して言った。

「みどりと千代子《ちよこ》はどこにいるんだろ？」

と、エリカが言った。

「ホテルを出て、散歩してるっていうけど、小さな街だし、どこかで会いそうなものだけど」

カフェを出て、エリカたちは、まるで中世に迷い込んだような石畳《いしだたみ》の古い街並を歩いて行ったが――。

「少なくとも、神隠しにあうことはなさそうね」

と、エリカが言って指さした。

みどりが太いソーセージをテラスのテーブルでかじっていた。千代子が苦笑しながらそれを眺めている。

みどりがエリカに気付いて手を振った。

「みどり、夕食前だよ。そんなもの食べて、大丈夫？」

と、エリカは訊いたが、

「平気平気。ヨーロッパに来てから、胃が三〇パーセントは大きくなってる」

「それってまずくない？　日本に帰ったら、食事が足りなくなるわよ」

「大丈夫。一日三食を一日四食にする」

エリカはそれを聞いて、

「私は付き合わないからね！」

と、宣言した。

※この作品はフィクションです。実在の人物・団体・事件などにはいっさい関係ありません。

集英社オレンジ文庫をお買い上げいただき、ありがとうございます。
ご意見・ご感想をお待ちしております。

● あて先
〒101-8050　東京都千代田区一ツ橋2-5-10
集英社オレンジ文庫編集部 気付
赤川次郎先生

集英社
オレンジ文庫

白鳥城の吸血鬼

2023年7月25日　第1刷発行

著　者　赤川次郎
発行者　今井孝昭
発行所　株式会社集英社
〒101-8050東京都千代田区一ツ橋2-5-10
電話【編集部】03-3230-6352
【読者係】03-3230-6080
【販売部】03-3230-6393（書店専用）
印刷所　大日本印刷株式会社

ISBN 978-4-08-680510-0 C0193